비키니 섬

이 도서의 국립중앙도서관 출판시도서목록(CIP)은
e-CIP 홈페이지(http://www.nl.go.kr/cip.php)에서 이용하실 수 있습니다.
(CIP제어번호: CIP2007000531)

THE BOMB by Theodore Taylor
Copyright © 1995 by Theodore Taylor
Korean translation copyright © 2005 by Ahchimyisul Publishing Co.
All rights reserved.
Korean translation rights arranged with The Marsh Agency, Ltd.
through Eric Yang Agency, Seoul.

이 책의 한국어판 저작권은 에릭양 에이전시를 통한 The Marsh Agency, Ltd.와의 독점계약으로
도서출판 아침이슬에 있습니다. 저작권법에 의해 한국 내에서 보호를 받는 저작물이므로
무단전재와 무단복제를 금합니다.

| 아침이슬 청소년 * 001 |

비키니 섬

시어도어 테일러 지음 | 김석희 옮김

아침이슬

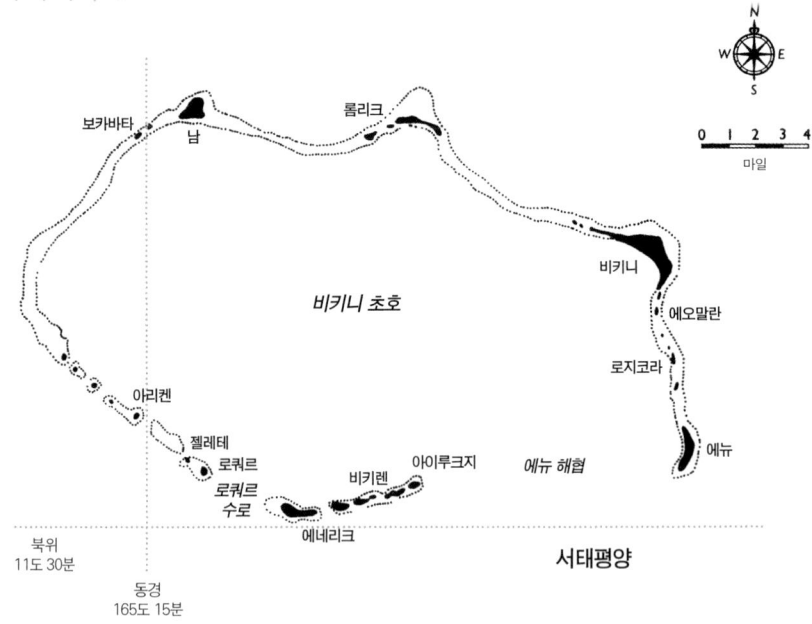

비키니 환초

보카바타 · 남 · 롬리크 · 비키니 · 에오말란 · 로지코라 · 에뉴
아리켄 · 젤레테 · 로쿼르 · 로쿼르 수로 · 비키렌 · 아이루크지 · 에네리크 · 에뉴 해협

비키니 초호

서태평양

북위 11도 30분
동경 165도 15분

0 1 2 3 4 마일

비키니 환초
호주
뉴질랜드

차례

1부 비키니 섬 _7

2부 교차로 작전 _113

3부 원자 폭탄 _243

뒷 이야기 _260
지은이의 말 _264
옮긴이의 말 _266

1부
비키니 섬

H.G. 웰스가 1914년에 발표한 소설 『해방된 세계』는 원자 폭탄과 핵전쟁을 예언했다.

1

1944년 3월 말의 어느 날, 쏘리 리나무는 수탉들이 울어 대기 직전에 하늘에서 내려온 굉음에 놀라 잠에서 깨어났다. 그 소리는 우르릉거리는 천둥소리보다도 훨씬 컸고, 야자나무 꼭대기만큼 가까이에서 울렸으며, 빠르게 움직이고 있었다.

그날 새벽에는 아무 조짐도 없었다. 섬 전체가 깊은 정적에 싸여 있는데 느닷없이 하늘에서 으르렁거리는 소리가 들려온 것이다.

쏘리는 깜짝 놀라 잠자리를 박차고 집 밖으로 달려 나갔다. 쏘리네 가족이 사는 집은 환초(고리 모양으로 형성된 산호초)로 둘러싸인 얕고 잔잔한 초호(환초로 둘러싸인 호수)에 면해 있었다. 쏘리는 햇볕에 바랜 쌀자루로 만든 반바지를 입고 있었다. 그는 밤이나 낮이나 늘 그 차림이었다.

쏘리의 어머니와 누이동생도 겁먹은 거위들처럼 앞 다투어 허둥지둥 달려 나왔다. 이번 주에는 쏘리네 집에서 머물고 있는 타라 마롤로 선생님도 밖으로 뛰쳐나왔다. 할아버지와 할머니도 그 뒤를 따랐다. 해변에 있는 다른 집들에서는 어린아이들의 울음소리와 비명이 들려왔다. 굉음이 들리기 전까지는 모두들 파도가 불러 주는 자장가와 야자나무들이 살랑거리는 소리에 언제나 익숙해져서 깊이 잠들어 있었다.

어슴푸레한 새벽빛 속에서 파란색 비행기 여덟 대가 펠리컨 떼처럼 한 줄로 바다 위를 선회하고 있는 것이 보였다. 멀어져 가던 비행기들이 다시 방향을 돌려, 이엉으로 벽과 지붕을 이은 오두막집들 쪽으로 돌아왔다. 비행기들은 아주 낮게 날고 있어서 열린 조종석을 통해 위아래로 까딱거리는 머리들이 보일 정도였다.

으르렁거리는 소리가 다시 커졌다. 비행기들은 잠시 해변과 나란히 날다가 섬 북쪽 끝에서 갑자기 방향을 틀었다. 쏘리는 비행기들이 폭탄을 떨어뜨릴 모양이라고 생각했다. 집을 날려 버리고 사람들을 모조리 죽일 것이다.

쏘리의 여동생 로킬레니도 그렇게 생각했다. 로킬레니는 색 바랜 무명 잠옷을 입고 그 자리에 선 채 비명을 질러 댔다. 가냘픈 몸이 부들부들 떨리고 눈은 죽음을 피하려는 듯이 꽉 감겨 있었다.

어머니 루타 리나무는 모래밭에 무릎을 꿇고 눈을 꼭 감은 채 기도를 올리고 있었다. 손가락 끝이 턱까지 닿아 있었다.

쏘리는 숨을 죽였다. 그의 갈색 눈은 공포로 크게 뜨여 있었다.

'제발 우리를 죽이지 마세요!'

쏘리의 할아버지 존젠은 사나운 눈길로 노려보면 그 사악한 독수리들을 쫓아 버릴 수 있기라도 한 것처럼 비행기들을 노려보았다. 할아버지는 조금도 두렵지 않은 것 같았다.

할머니 욜로는 움푹 들어간 눈을 가리고 있었다. 할머니는 유령을 두려워했고 거의 말을 하지 않았다. 할머니는 바람과 파도, 비와 물고기의 정령들과 함께 있었다. 할머니의 피부는 쭈글쭈글한 갈색 종이로 뼈를 감싸 놓은 듯했다.

타라 선생님은 잔뜩 찡그린 얼굴로 말없이 비행기를 쳐다보았다.

이웃 사람들도 집에서 나와, 삼삼오오 무리를 지어 해변에 서 있거나 무릎을 꿇고 있었다. 겁에 질린 사람. 공포로 얼어붙은 사람. 비명을 지르는 사람. 기도하는 사람.

비행기들은 처음보다 더 낮게 두 번째 직선 비행을 계속했다. 첫 번째 비행기가 마을 북쪽에 있는 일본군 기상 관측소를 향해 기관총을 쏘아 댔다. 두 번째 비행기도 마찬가지였다.

비행기들이 다시 날아오르자 야자나무와 판다누스 나무들이 몸을 부르르 떨었다. 쏘리는 엔진이 내뿜는 배기가스의 열기를 느낄 수 있었고, 엔진이 내뿜는 불꽃도 볼 수 있었다. 폭발은 언제나 백인들과 함께 왔다.

놓아 기르는 돼지들이 꽥꽥 비명을 지르며 빙글빙글 돌았다. 닭들도 요란한 굉음에 잔뜩 겁을 먹고 시끄럽게 울어 댔다. 섬에 있는 개 여섯 마리는 작은 취사장 밑으로 달려가 몸을 숨겼다.

쏘리는 귀를 틀어막았지만 눈은 계속 크게 뜨고 있었다.

할아버지가 마침내 급강하한 폭격기를 보고 그것이 어느 나라 비행기인지 알아냈다. 할아버지는 즐거운 얼굴로 소리쳤다.

"미국인이야, 미국인!"

비행기들의 몸체에는 일본의 빨간 원이 아니라 하얀 별이 그려져 있었다.

타라 선생님이 손뼉을 치면서 펄쩍펄쩍 뛰었다.

윙윙거리는 엔진 소리가 희미해지기 시작하자 "미국인!"을 외치는 소리가 해변을 따라 유쾌하게 메아리쳤다. 흥분한 사람들이 웃으면서 서로 얼싸안았다. 갑작스런 소란에 어쩔 줄 모르던 아이들도 이제 방글방글 웃고 있었다.

미군 조종사들이 조종석에서 손을 흔들었다. 한 사람은 손가락을 치켜들어 V자 모양을 그려 보였다. 그것은 '승리의 표시'였지만 섬사람들은 무슨 뜻인지 알 수가 없었다.

미국인! 동쪽에서 온 백인들. 군인들.

그것은 하와이 섬에서 남서쪽으로 3,500킬로미터 떨어진 랄리크(일몰) 열도의 북쪽 끝에 있는 비키니 환초가 이제 곧 일본군의 점령에서 해방된다는 뜻이었다.

비키니 환초는 스물여섯 개의 크고 작은 산호섬들이 고리 모양으로 죽 늘어선 곳으로 비교적 큰 섬들은 야자나무와 판다누스 나무로 뒤덮여 있었다. 산호섬들이 타원형으로 바다를 둘러싸고 있으므로 환초의 중앙은 호수를 이루었다. 비키니 섬은 스물여섯 개의 섬들 중에서 가장 크고 아름다운 섬이지만 길이가 6.5킬로미터에 너비는 1킬로미터도 채 안 되었다.

리나무 가족은 모두 이 섬에서 태어났다. 용감하게 초호 밖으로 나가 본 사람은 쏘리의 돌아가신 아버지 바디나 리나무와 할아버지 존젠 리나무뿐이었다. 쏘리도 언젠가는 배를 타고 '아일링칸(바깥세상)'으로 나가 보고 싶었다.

닷새만 지나면 쏘리는 열네 살이 되고, 섬의 전통에 따라 공식적으로 성년이 되어 가족의 축하를 받을 터였다. 식구들의 양식은 벌써부터 쏘리가 조달하고 있었다. 이제 성년이 되면 4년 전 아버지가 세상을 떠난 뒤 가장 역할을 맡아 온 할아버지를 대신해 집안의 가장이 될 것이다. 그리고 할아버지를 법적 고문으로 삼아, 리나무 집안을 대표하는 '알라브'로서 마을 회의에도 참석할 것이다.

으르렁거리는 비행기와 손을 흔드는 조종사들, 그리고 그 기총 소사보다 더 멋진 생일 선물이 어디 있겠는가.

두려움이 썰물처럼 빠져 나가자 로킬레니가 물었다.

"우리 이제 해방되는 거야?"

일본군은 이따금 젊은 여자들의 몸을 요구했다. 로킬레니는 이제 겨우 열한 살이었지만, 군인들이 맥주나 야자 술에 취했을 때는 로킬레니도 위험했다. 따라서 로킬레니가 일본군을 두려워하는 것은 당연했고, 쏘리가 로킬레니를 보호해야 할 이유도 충분했다.

"모르겠어. 그렇게 되기를 기대해 봐야지."

쏘리가 대답했다. 온갖 생각이 어지럽게 머릿속을 맴돌았다.

엔진 소리가 완전히 사라지고 비행기들이 서녘 하늘에 찍힌 점이 되자, 쏘리는 해변 위쪽으로 눈길을 돌려 커다란 무선 안테나가 지붕 위에 솟아 있는 회색 목조 건물을 바라보았다. 기총 소사의 표적이 된 기상 관측소였다.

일본군 병사들이 밖에 나와 비행기가 사라지는 것을 지켜보고 있었다. 두 번째 비행기가 쏜 기관총에 한 사람이 죽었다. 나머지 사람들은 흥분해서 빠른 말투로 지껄이고 있었다. 그들의 목소리가 어렴풋이 들려왔다.

마을 사람들은 모두 일본군을 미워했다. 일본군은 절대로 웃지 않았고 예의도 바르지 않았다. 섬 주민들은 그 납작한 목조 건물을 '공포의 집'이라고 불렀다.

일 년 전쯤에 일본군 지휘관인 중사가 쏘리에게 모욕을 당했다고 시비를 걸었다. 중사가 모래밭에서 발이 걸려 넘어지는 것을 보고 쏘리가 깔깔 웃어 댔던 것이다. 중사의 강요에 못 이겨 쏘리는 '공포의 집' 앞 계단에 대고 천 번이나 절을 해야 했다. 병사 하나가 쏘리에게 총을 겨누고 절하는 횟수를 헤아렸다.

그날 밤, 쏘리는 자신이 겁쟁이가 아니라는 것을 증명하기 위해 도끼를 들고 일본군 막사 근처에 숨어서 중사가 나오기를 기다렸다. 하지만 중사는 끝내 나오지 않았다. 결국 쏘리는 집으로 돌아갔다.

이따금 쏘리는 어른들이 일본군들을 죽이자고 말하는 것을 들었다. 진지한 이야기였다. 쏘리도 이야기에 끼어들었다. 쏘리는 언제든 일본군을 도끼로 쳐서 죽이는 일에 동참할 각오가 되어 있었다. 하지만 온건한 주다 추장(한때 랄리크 열도에서 가장 지위가 높은 추장이었던 유명한 라르켈론의 후손이다.)은 그렇게 하면 400킬로미터 떨어진 콰잘린 섬에 있는 일본군 사령부에서 군인들이 몰려와 비키니 섬 주민들을 남녀노소 가리지 않고 몰살해 버릴 거라고 말했다. 자비심 따위는 털끝만큼도 보이지 않고!

　그러자 할아버지가 말했다.

　"주다 말이 옳아. 군인들이 이삼 일만 기상 관측 결과를 보내지 않아도 그 이유를 알아내려고 비행정이 올 거야."

　"그럼 우리가 할 수 있는 일은 아무것도 없나요?"

　쏘리는 아버지가 살아 계신다면 얼마나 좋을까 생각하면서 물었다. 아버지라면 틀림없이 싸우자고 나섰을 것이다.

　"없단다."

　할아버지가 대답했다.

　1942년 그날 일본군이 쳐들어와 초호 어귀에 수뢰를 설치할 때까지 이곳 비키니 환초는 백 년 이상 평화를 누리고 있었다. 총을 가진 사람은 아무도 없었다. 쏘리는 일본군이 오기 전까지는 총을 본 적이 없었다. 육상의 적은 파리와 전갈과 야자쥐뿐이었다.

　바깥소식은 날아가는 철새들처럼 외따로 떨어진 환초에서 환초로 전해졌다. 다른 환초에서 오는 카누와 이따금 찾아오는 배들은 대개 에누 섬과 아이루크지 섬 사이에 넓게 뚫린 에누 해협을 통해 호수 안으로 들어왔다. 큰 배들은 해변에서 500미터쯤 떨어진 곳에 닻을 내렸지만, 카누는 해변까지 들어왔다. 그러면 사나흘 동안 잔치가 벌어지고, 손님들은 놀라운 바깥세상의 소식을 전한 뒤 떠나곤 했다. 그들이 떠나고 나면 마을 사람들은 외지인들이 들려준 이야기에 대해 토론하고, 그 이야기에 대해 생각했다. 쏘리는 언제나 열심히 귀를 기울였다.

그런 일을 제외하면 비키니 섬에서 날마다 일어나는 일은 해돋이와 해넘이뿐이었다. 주민들은 나무와 바다에서 식량을 구하고, 거적과 바구니를 만들고, 벽과 지붕을 엮고, 노끈을 꼬고, 이야기를 나누었다. 물고기와 날씨에 관한 이야기, 서로에 관한 이야기. 산들바람은 콧노래를 부르고, 돼지들은 주둥이로 땅을 헤집고, 닭들은 걷다가 모이를 쪼고 다시 걷다가 모이를 쪼았다. 평화롭고 조용했다. 일본인들이 올 때까지는.

한번은 쏘리가 화가 나서 물었다.

"일본 사람들은 왜 우리 섬에 온 거죠?"

"배와 비행기에는 기상 조건이 중요하니까."

할아버지가 대답했다.

섬사람들은 마치 전쟁이 존재하지 않는 것처럼 그리고 세상이 초호 어귀에서 멈추기라도 한 것처럼 평화롭게 일하고 웃고 노래하고

기도하며 살았다. 그런데 느닷없이 일본군의 포로가 되어 원숭이와 동족, 게으름뱅이 원주민 취급을 받았다. 일본인들은 굳이 그렇게 말할 필요도 없었다. 그 뜻은 그들의 눈에 담겨 있었다. '너희는 열등해. 너희는 아무짝에도 쓸모가 없어.'

"전쟁은 늘 이런 식인가요?"

쏘리가 물었다.

"그렇겠지. 어디서나 죄 없는 사람들이 고통을 받는단다."

타라 선생님이 대답했다.

지난 2년 동안 일본군들은 바다에서 나는 해산물만이 아니라 코코넛과 판다누스 열매, 과일 잼, 녹말이 많이 든 타로 감자까지 요구했다. 바다가재를 열두 마리 잡으면 일본군은 여섯 마리를 내놓으라고 했다.

얼굴이 주름살투성이인 할아버지는 마을 사제였다. 할아버지는 늘 손잡이가 구부러진 지팡이와 마셜 어 성경을 지니고 다녔다.

할아버지가 말했다.

"야자나무는 언제나 '평화'를 속삭이지만, 군인들은 거기에 귀를 기울이지 않아."

쏘리는 일본인들이 좋은 일을 한 거라고는 저수조를 만든 것뿐이라고 생각했다. 섬에서는 너무나 귀중한 빗물이 골이 진 철판을 따라 흘러내려 거대한 콘크리트 수조에 저장되었다.

분노를 얼마나 오래 참을 수 있을지는 쏘리 자신도 알지 못했다.

누이동생 로킬레니가 일본군 병사에게 강간이라도 당하면, 제 몸이야 어찌 되든 도끼를 휘두르게 될 수도 있었다.

1920년대에 원자핵을 연구하는 새로운 과학 분야가 시작되었다.

2

 비행기들과 으르렁거리는 굉음 소리가 아침을 먹는 내내 쏘리의 머릿속을 맴돌았다.
 섬의 전통에 따라 가족은 따로 앉아 식사를 했다. 쏘리와 할아버지는 겸상을 했고, 어머니와 할머니, 로킬레니, 타라 선생님은 2미터 남짓 떨어진 곳에 앉아 있었다. 아침 햇살이 잔잔한 호수에 가득했다.
 분홍빛 산호 부스러기가 깔린 길은 이 섬에 하나뿐인 도로였다. 그 길 뒤로 스물여섯 채의 집들이 섬 중앙부를 따라 넓게 자리잡고 있었다. 열한 가구는 집 바깥에서 살았다. 판다누스 나뭇잎을 엮어 이은 뾰족 지붕에 움직일 수 있는 벽을 둘러친 시원한 집은 주로 잠잘 때 이용했다. 비바람이 잦은 계절에는 아름답게 장식한 창문 가리개를 끌어내릴 수도 있었다. 여름날 밤이면 쏘리는 나뭇잎 지붕을 두드리는 빗방울 소리를 자장가 삼아 잠들곤 했다.

섬의 씨족들은 별도의 작은 취사장을 가지고 있었다. 취사장이라고 해 봐야 높이는 허리께까지 올라오고 너비는 두 팔을 한껏 뻗으면 벽에 닿을 정도였지만, 마을 사람들은 어느 아궁이에서나 마음대로 음식을 먹을 수 있었다.

아침에는 항상 전날 저녁에 먹다 남은 음식을 먹었다. 생선, 타로 뿌리, 코코넛 과육, 문어, 조개 따위였다. 쏘리와 로킬레니는 야자나무 꽃 줄기에서 짜낸 달착지근한 수액인 '제카로'를 아주 좋아했다.

"나는 일본과 미국이 왜 싸우는지 아직도 모르겠어요."

쏘리가 제카로를 홀짝홀짝 마시면서 말했다.

어머니가 차분한 목소리로 대답했다.

"그건 나도 모르겠다. 하지만 바깥세상에서는 항상 싸움이 벌어지는 것 같더구나."

그러자 할아버지가 진지하게 말했다.

"항상 땅과 돈 때문에 싸우지. 어디나 마찬가지야."

"그것 말고 또 다른 이유가 있을 거예요."

쏘리가 할아버지를 쳐다보면서 말했다. 할아버지의 뺨은 할머니의 눈처럼 움푹 들어가고 이도 거의 다 빠져 버렸지만 정신은 여전히 날카로웠다.

이곳 주민들에게 돈은 중요하지 않았다. 사실 돈이 있어도 쓸데가 없었다. 그들이 돈을 만지는 것은 코프라를 팔 때뿐이었다. 코프라는 이만 그루가 넘는 야자나무가 공급해 주는 코코넛 과육을 햇볕에 말린 것이었다. 처음에는 독일 마르크화, 다음에는 일본 엔화였다. 상인들은 작은 통통배를 타고 일 년에 두 번씩 찾아와서 코프라를 돈으로 사거나 물건과 맞바꿨다. 섬사람들이 받은 돈은 치마와 바지를 만들 옷감, 돛을 만들 범포, 가정용품과 연장 따위로 바뀌었다. 카누를 타고 나서는 쇼핑 여행은 몇 주일이 걸릴 수도 있었다.

재산만 따지면 지비지 이지리크가 비키니 섬에서 제일 부자였다. 그의 가족은 손으로 돌리는 재봉틀을 가지고 있었다. 리나무 가족은 여섯 달 동안 만든 코프라를 목제 서랍장과 도끼로 바꾸었다.

"땅과 돈. 그래. 항상 땅과 돈이 문제지. 어디서나 마찬가지야."

할아버지가 고개를 끄덕이며 같은 말을 되풀이했다.

각 씨족들은 환초에서 비교적 큰 섬에 땅뙈기를 가지고 있었다. 환초에 살지도 않는 대추장 제이마타가 늘 주장한 바지만, 비키니 환초의 주민들에게 땅보다 더 중요한 것은 없었다. 땅이 없는 가족, 하다못해 다른 섬에 있는 작은 땅뙈기라도 소유하지 못한 가족은 체면이 깎였다. 리나무 씨족은 롬리크 섬과 부코르 섬에 땅을 가지고 있었다.

환초에는 리나무 씨족 이외에 이지리크 씨족, 케지부키 씨족, 마카올리에지 씨족이 있었다. 그들은 모두 서로를 친족으로 대했다.

쏘리는 여전히 미국인들을 생각하면서 할아버지에게 물었다.

"미국인들이 와도 지금과 마찬가지일까요? 우리는 또 포로가 될까요?"

"우리는 개미보다 작아서 쉽게 짓뭉개 버릴 수 있어."

할아버지가 대답했다. 할아버지는 늘 그런 식이었다. 질문에 직접적으로 대답하는 일이 거의 없었다. '그렇다'거나 '아니다'라는 대답은 거의 없고, '아마'로 대답할 때가 많았다.

좀 전에 본 비행기 조종사들을 제외하면 쏘리는 지금까지 미국인을 만나기는커녕 본 적도 없었다. 미국인이 잔인한지 친절한지도 알지 못했다. 타라 선생님은 미국인은 대개 친절하다고 말했다.

어머니가 말했다.

"하지만 마셜 제도에는 관심이 없을지도 몰라요. 미국이 전쟁에서 이기면 섬을 모두 해방시켜 줄 거예요. 그랬으면 정말 좋겠어요."

할아버지가 까맣게 탄 다랑어 한 덩이를 삼킨 뒤에 말을 이었다.

"쏘리야, 내가 전에 말했지. 아주 먼 옛날, 그러니까 스페인 사람들이 온 뒤부터 독일 사람들이 오기 전까지 고래잡이들의 시대가 있었다고. 그때는 우리도 평화만을 구하지는 않았다. 우리 전사들은 카누를 타고 나가 이곳에 닻을 내린 배를 습격했지. 해변에 다가오는 백인은 모조리 죽여 버렸어. 옛날에는 이곳에도 많은 피가 흘렀단다."

할아버지는 비키니 섬의 다른 노인들과 마찬가지로 섬의 역사책이었다. 올해 일흔다섯 살인 할아버지는 여든 살인 로쿠아르 다음으로 나이가 많았다.

할아버지의 말에 따르면, 랄리크 열도의 씨족은 모두 일곱이고, 모두 나무 환초 출신이었다. 그들과 라타크(일출) 열도의 초기 씨족들 사이에 격렬한 싸움이 벌어졌다. 머리띠를 두른 전사들은 15미터 길이의 카누에 몸을 실은 채 거대한 거거(남태평양 산호초에 사는 조개. 길이가 1미터가 넘는 종류도 있다.) 껍데기로 만든 도끼를 들고 열심히 싸웠다. 죽은 사람도 많았다.

할아버지가 이야기하는 동안, 기상 관측소를 맡고 있는 건장하고 엄격한 중사가 금테 안경을 쓰고 옆을 지나갔지만 그들에게는 눈길조차 주지 않았다. 다른 병사가 소총을 메고 그 뒤를 따랐다.

그것은 늘 있는 일이었다. 일본군은 어디에나 갔고 늘 소총을 지니고 있었다. 소총은 마을 사람들을 겨누고 있지 않을 때에도 항상 그들을 위협했다.

일본군들은 주다 추장네 집으로 가는 길이었다. 그들이 해변을 따라 올라오는 것은 주다 추장에게 명령을 전달할 때뿐이었다. 쏘리는 주다 추장이 지나치게 온건하고 관대하다고 생각했다.

쏘리는 군인들을 노려보면서 속으로 물었다.

'이번에는 또 뭘 원하지?'

그러고는 낙담해서 고개를 저으며 몸을 일으켰다.

쏘리는 키가 150센티미터도 안 되었다. 머리는 검은색 고수머리, 피부는 짙은 갈색이었다. 쏘리는 죽은 아버지를 많이 닮았다. 쏘리의 아버지는 키가 작고 땅딸막했다. 그래도 힘은 장사였다. 군더더기 하나 없는 근육질 몸……. 아버지가 바다에서 어떻게 죽었는지는 아무도 몰랐다. 그 수수께끼가 쏘리를 괴롭혔다.

잠시 후 쏘리가 일본군에게 던졌던 질문의 답이 나왔다.

'어두워진 뒤에는 절대 불을 피우지 말고, 아무도 해변에 나가지 말 것.'

주다 추장은 추장의 지위를 상징하는 석유 등잔을 켤 수 없게 되었다. 적의 침입을 염려한 일본군은 밤에는 섬이 어둠 속으로 완전히 사라지도록 철저한 암흑을 요구했다.

타라 선생님이 말했다.

"우리는 침착해야 돼."

1933년 9월,
젊은 유대계 헝가리인 물리학자 레오 실라드의 머리에
문득 이런 생각이 떠올랐다.

'원자핵에 연쇄 반응을 일으키면 원자 폭탄을 만들 수 있지 않을까.'

3

쏘리는 판다누스 나무로 만든 방에서 타라 선생님에게 첫 수업을 받던 날이 기억났다. 그 방은 비키니 섬의 학교이자 마을 회관으로 쓰였다.

타라 선생님은 야자나무 줄기를 깎아 만든 등받이 없는 걸상에 앉아 활짝 웃으면서 말했다.

"안녕하세요? 내 이름은 타라 마롤로예요. 여러분의 동족이죠. 나는 롱겔라프에서 태어났고, 나이는 스물넷이에요. 주님의 은총으로 몇 년 동안 여러분을 가르치게 됐어요."

타라 마롤로는 하와이 사람들이 기금을 마련하여 세운 기독교계 대학에서 교육을 받았고, 바깥세상에서 온 사람들과 대화를 나눌 수 있을 만큼 영어를 잘했다. 타라의 검은 머리는 매끄러웠고, 도톰한 입술에 감도는 미소는 더없이 아름다웠다. 피부는 기름을 문질러 바른 마호가니 같았다. 그녀의 긴 머리에는 늘 꽃이 꽂혀 있었고 하와이 섬에서 가져온 무명 드레스에도 꽃무늬가 박혀 있었다. 타라는 섬에서 으뜸가는 미인이었지만, 일본군들은 그녀를 집적거리지 않았다. 그들은 타라를 교사로 존중했고, 공손하게 굴기까지 했다. 타라 외에는 아무도 그런 특별 대우를 받지 못했다.

타라는 마주로 섬에서 씨앗 몇 종류를 가져왔다. 빨간 히비스커스, 분홍색 부겐빌레아와 협죽도, 망고와 에리스리나 씨앗이었다. 타라는 식물을 정성껏 돌보았고, 건기에는 코코넛 즙을 듬뿍 주었다. 식물들도 타라만큼이나 건강하고 싱싱했다.

기독교계 대학은 마셜 어로 된 지리책과 역사책, 철자 교본, 수학책 한 권씩과 세계 지도, 칠판과 분필을 타라에게 주었다. 타라는 남태평양이 아직 전쟁에 휘말리지 않았을 때 무역선을 타고 와서 비키니 섬에 내렸다. 그리고 섬사람들이 서로 샘을 내지 않도록 매주 돌아가면서 다른 집에 머물렀다.

쏘리는 오전반 학생 열세 명과 함께 모래 위에 깐 판다누스 나뭇잎 깔개에 앉았다. 그의 반은 월요일과 수요일과 금요일에 수업을 받았고, 하급생들은 화요일과 목요일과 토요일에 수업을 받았다. 상급반 수업은 아침 8시부터 12시까지였지만, 호수에서 그물로 물고기 잡는 일을 거들어야 할 때는 수업이 중단되기도 했다. 밖은 여느 때처럼 햇빛이 찬란하고 산들바람이 살랑거리고 뜨거웠다. 전형적인 겨울날이었다.

어른들은 타라 선생님의 말을 들으려고 걸핏하면 나뭇잎 거적으로 만든 벽의 창구멍으로 고개를 들이밀었다. 타라 선생님이 부임한 첫해에는 마을 사람들이 일상적인 일을 소홀히 할 때가 많았다. 타라 선생님은 이 학교는 성적도 매기지 않고 숙제도 내 주지 않는 별난 학교니까 누구나 수업에 참여할 수 있다고 말했다.

수업 첫날인 1941년 11월 말의 그날 아침, 타라 선생님은 이렇게 말했다.

"마셜 제도에 딸려 있는 이 섬과 미크로네시아의 역사에 대해 아는 사람이 얼마나 되죠?"

'미크로네시아'는 작은 섬을 뜻하는 그리스 말이었다. 700만 제곱킬로미터에 이르는 태평양 해역에는 이천 개가 넘는 섬들이 펼쳐져 있었다.

쏘리가 말했다.

"우리 아버지와 할아버지가 가르쳐 주신 것밖에는 몰라요."

"그분들이 너한테 뭘 가르쳤는지 나는 모르니까, 아마 중복되는 내용도 있을 거야. 내가 가르치는 내용과 그분들의 말씀이 완전히 다르면, 거기에 대해 이야기하자."

쏘리는 고개를 끄덕였다.

쏘리는 할아버지 덕분에 미크로네시아에 세 가지 유형의 섬이 있다는 것을 이미 알고 있었다. 우선 비키니 섬처럼 간신히 해수면 위로 떠오른 섬들이 있었다. 그보다 조금 높은 환초들은 대개 해저 화산이 폭발하면서 밀어 올린 것으로 50미터 높이의 모래 언덕이 있는 경우도 있었다. 괌과 팔라우, 코스라에 섬처럼 높은 섬에는 수목이 울창한 바위산이 있었다.

비키니는 산호초들이 청록색 초호를 에워싸고 있는 환초였다. 초호는 동서 길이가 38킬로미터, 남북의 너비가 24킬로미터였다. 환초의 섬들은 너무 낮아서 해변에 서 있을 때는 섬을 볼 수 없었다. 카누를 타고 호수 한복판까지 나가야만 저 너머 수평선에 떠오른 야자나무 우듬지가 보였다. 바람이 불어오는 쪽에 있는 보초(해안에서 약간 떨어진 바다에 해안과 나란히 이루어진 산호초)의 바깥쪽 가장자리에는 따뜻한 바닷물이 밀려왔다. 초호 안의 물은 훨씬 따뜻했고, 여름 태풍이 몰아칠 때를 빼면 비교적 잔잔했다.

타라 선생님이 커다란 태평양 지도를 걸어 놓고 말했다.

"옛날 옛날, 수천 년 전인 먼 옛날, 인도네시아에서 살던 사람들이 말레이 전사들한테 쫓겨 오스트레일리아와 뉴기니에 정착하기 시작했어요. 인도네시아는 지도에 보이는 여기예요. 그리고 그보다 훨씬 뒤인 기원전 1500년 무렵에 태평양을 항해하던 사람들이 여기 마셜 제도에 도착했죠."

"우리는 어디에 있어요?"

셈 마카올리에지 집안의 킬론 칼레프가 물었다.

"우리 섬은 마셜 제도에 떠 있는 수많은 섬들 가운데 하나란다. 하지만 우리가 어떻게 이곳에 왔는지, 일부 역사가들의 생각을 말할 테니까 우선 내 말을 끝까지 들어 주세요. 역사가들은 우리가 뉴기니와 솔로몬 제도에 사는 검은 피부의 사람들과 피를 섞었다고 믿고 있어요. 솔로몬 제도는 지도에서 여기예요. 뉴기니 남자들은 대부분 곱슬머리인데, 우리 남자들도 그래요. 그러니까 우리 몸속에는 아마 인도네시아와 뉴기니와 솔로몬 사람들의 피가 섞여 있을 거예요. 그 후 우리는 다시 카누를 타고 동쪽으로 항해해서 여러 섬들에 정착했어요. 자, 지도를 자세히 보세요. 미크로네시아는 태국과 필리핀, 중앙아메리카, 그리고 아프리카의 수단과 거의 같은 위도에 있어요. 그래서 이곳은 덥고 야자나무가 자라죠."

"아프리카에도 야자나무가 있나요?"

쏘리가 물었다.

타라 선생님은 방긋 웃었다.

"내가 가 본 곳 중에 아프리카와 가장 가까운 곳은 마주로 섬이지만, 아마 아프리카에도 야자나무가 있을 거야. 자, 다시 지도를 보세요. 남북으로 선을 그어 보면 우리 섬은 일본의 남쪽, 뉴기니의 북쪽에 있어요. 미크로네시아는 대부분 바다고 그 면적은 미국만큼 넓지만, 아흔다섯 개의 주요 환초와 큰 섬으로 이루어져 있고, 전체 인구는 사만 오천에서 오만 명 정도……."

"우리를 포함해서요?"

우라키 이지리크 집안의 토마키 케지부키가 물었다.

"물론 우리도 포함해서지. 자, '너희들'은 어떻게 이곳에 왔지?"

"우리 할아버지는 우리가 150년쯤 전에 라타크 열도의 워트제 섬에서 왔다고 하셨어요."

쏘리가 대답했다.

"네 할아버지 말씀이 맞겠지만, 150년 전이라는 연대는 좀 의문이구나. 내가 책에서 읽은 바에 따르면, 비키니 섬에는 1700년대에 이미 주민이 살고 있었대. 그러니까 아마 그 전에 여기 정착했을 거야."

"우리는 비겁한 민족인가요?"

쏘리가 물었다. 언젠가 아버지가 그렇게 말한 게 기억났기 때문이다. 우리는 무사 정신을 잃었다고 아버지는 말했다.

타라 선생님은 소리 내어 웃고 나서 말했다.

"아니. 난 그렇게 생각하지 않아. 우리는 우리 방식대로 살아가는 온화하고 친절한 민족이야. 나는 우리가 비겁하다고 생각하지 않아."

"우리 할아버지는 우리가 전에는 백인을 죽였대요."

"그것도 네 할아버지 말씀이 옳아. 하지만 다행스럽게도 이제는 백인을 죽이지 않아."

쏘리는 그날 당장 타라 마롤로 선생님을 사랑하게 되었다. 타라 선생님의 웃음소리가 아름다워서이기도 했지만, 그보다 더 좋은 것은 타라 선생님이 바깥세상에 대해 잘 알고 있다는 점이었다.

비키니 학교에서 첫 수업이 있은 지 보름도 지나기 전에 일본군이 하와이의 진주만을 공격했고, 태평양 전체가 격렬한 전쟁의 소용돌이에 휘말려 들었다.

1934년,
이탈리아의 물리학자 엔리코 페르미가
연쇄 핵반응을 유발하는 초기 스파크를 일으켜
우라늄 원자를 분할했다.

그것은 원자 폭탄 제조의 첫걸음이었다.

4

 미군 비행기가 섬 위를 날아간 지 사흘 뒤, 아직 날이 밝지 않은 새벽이었다. 물고기를 잡으러 가려고 일찍 일어난 쏘리가 적막을 깨뜨리며 외쳤다.
 "배다! 배야!"
 평소에도 별로 많이 자지 않는 할아버지가 고둥 껍데기를 힘껏 불었다. 할아버지가 애지중지 아끼는 그 고둥 껍데기는 지금까지 환초에서 발견된 것 가운데 가장 큰 것이었다.
 "부웅! 부우웅! 부우웅!"
 속이 빈 고둥에서 나오는 소리는 최초의 전사들만큼 오래된 경계 신호였다.
 섬 주민들이 또다시 모두 집에서 뛰쳐나왔다.
 이지러진 보름달이 호수를 환히 비추어 부드러운 은빛으로 물들이고 있었다. 쏘리는 해변에서 2킬로미터쯤 떨어진 곳에 닻을 내린 큰 배 두 척과 작은 배 한 척의 어렴풋한 윤곽을 볼 수 있었다. 어젯밤에는 분명히 거기에 없었다. 배에서는 불빛 하나 새어 나오지 않았다. 군함이라고 쏘리는 짐작했다.

곧이어 귀에 거슬리는 엔진 소리가 나더니, 검은색의 작은 형체 네 개가 100미터 가량의 간격을 두고 섬 쪽으로 다가왔다. 쏘리는 그것이 일본군의 배일지도 모른다고 생각했다. 기상 관측소의 병력을 보강하기 위해 더 많은 병사를 보냈을지도 모른다. 더 많은 병사. 더 많은 문제. 더 많은 잔학 행위. 더 많은 위협.

어둠 속을 꿰뚫어 보려고 눈을 부릅뜨고 있던 할아버지가 걱정스러운 투로 말했다.

"제발 저 사람들이 미국인이기를. 제발. 제발……."

할아버지의 말은 기도처럼 들렸다. 비키니 섬사람들은 '제발'이라는 말을 자주 했다. 사람들은 '제발' 비가 오기를 바랐고, '제발' 나무에 열매가 많이 열리기를 바랐고, '제발' 다랑어 떼가 몰려오기를 바랐고, '제발' 코프라가 많이 만들어지기를 바랐다.

배들이 가까이 오자 주다 추장이 소리쳤다.

"여자와 아이들은 모두 모래 언덕으로!"

쏘리의 어머니와 할머니, 누이동생과 타라 선생님은 다른 사람들과 함께 바람 불어오는 쪽으로 달려가기 시작했다. 얕은 골짜기 건너편에 있는 그곳에는 덤불이 무성하고 식용 열매가 많았다. 쏘리는 할아버지 옆에 서서 활처럼 구부러진 하얀 뱃머리를 바라보았다. 뱃머리는 인광으로 반짝거렸다. 배들은 거침없이 해변을 향해 달려왔다. 엔진은 망치로 두드리는 듯한 소리를 냈고, 배기가스가 은빛 수증기처럼 뿜어져 나왔다. 쏘리는 갑자기 숨을 쉬기가 힘들어졌다.

마침내 상륙정 세 척이 해안으로 밀고 올라와 평평한 뱃머리를 내렸다. 네 번째 상륙정은 해변에서 100미터쯤 떨어진 산호초에 걸려 꼼짝도 하지 않았다. 좌초한 그 배의 엔진은 거칠게 으르렁거리며 배를 빼내려고 안간힘을 썼다. 호수 안에 있는 산호초 중에는 마을 사람들이 사는 집보다 더 큰 것도 있었다.

그때 처음 들어 보는 낯선 목소리가 들려왔다. 그들은 일본군이 아니었다. 쏘리는 두려움이 청상아리에 쫓기는 검복 떼처럼 순식간에 사라지는 것을 느꼈다.

배에서 내린 사람들의 희미한 형체는 부피가 큰 장비 때문에 실제보다 훨씬 커 보였다. 그들은 거의 소리도 내지 않고 야자나무 숲 속으로 재빠르게 움직이기 시작했다.

그들은 어두운 숲 속으로 사라져 기상 관측소 쪽으로 다가갔다. 곧이어 폭발음이 울려 퍼졌다. 쏘리는 할아버지와 함께 반대쪽으로 달려갔다. 다른 남자들도 함께 달아났다.

그것은 그들의 싸움이 아니었다. 일본인과 미국인은 벌써 2년이 넘도록 서로 죽이고 있었다.

이윽고 소음이 그쳤다. 좀전에 들렸던 귀에 선 목소리를 빼고는 모든 것이 조용해졌다. 그 목소리들은 방금 일어난 일에 조금도 개의치 않는 듯 침착했다. 고함을 지르지도 않았고 거친 말을 쓰지도 않았다.

할아버지가 말했다.

"이젠 안전한 것 같구나."

해는 아직 뜨지 않았지만, 노르스름한 잿빛 새벽이 빠르게 퍼지고 있었다. 쏘리는 다른 사람들과 함께 교회와 학교 건물이 있는 마을 중심부로 돌아왔다. 그곳에서는 완전 군장을 갖춘 미군 해병대원 수백 명이 담배를 피우면서 이야기를 나누고 있었다. 비키니 '전투'는 벌써 끝난 뒤였다.

주다 추장은 일부러 시간을 내 셔츠와 바지를 입고 나타났다. 굳은살이 박인 발은 맨발인 채였다. 추장이 책임자로 보이는 해병대원에게 "웰컴!" 하고 말했다. 추장이 아는 영어 낱말은 '웰컴'과 '굿바이' 뿐이었다.

해병대원이 "요크웨 유크!" 하고 대답하자 모두 웃음을 터뜨렸다.

마셜 어로 '요크웨 유크'는 '안녕' 또는 '널 사랑해'라는 뜻이었다.

비키니 사람들보다 키가 세 뼘은 더 큰 해병대원은 진초록색 헬멧을 쓰고 있었다. 쏘리는 그가 허리에 차고 있는 권총을 보았다. 하지만 그의 푸른색 눈은 친절해 보였다. 그는 미소를 지으며 주다 추장과 악수를 나누고, 통역에게 무슨 말인가를 했다. 마셜 제도의 한 환초 출신인 통역은 백인 옷차림에 백인의 색안경을 쓰고 백인의 손목시계를 차고 있었다.

통역이 모인 사람들에게 말했다.

"여러분의 고통은 끝났습니다. 일본군은 포로가 되지 않으려고 모두 자결했습니다. 그들은 벙커에 숨어 있었습니다."

약탈과 강간은 끝났다. 주민들은 이제 더 이상 목조 건물에 사는 일본인들을 두려워할 필요가 없었다. 로킬레니를 비롯한 여자들도 좀 더 자유롭게 숨을 쉴 수 있으리라.

해병대 장교가 다시 뭐라고 말하자, 통역이 마셜 어로 말했다.

"적군을 땅에 묻고, 적군의 모든 식량과 장비 일부는 여러분에게 넘기겠습니다."

"고맙습니다. 정말 고맙습니다."

주다 추장이 마셜 어로 말했다.

쏘리는 미국인에 대해서는 타라 선생님이 말해 준 것밖에 몰랐지만, 그들의 친절함과 관대함에 당장 감동했다. 미국인들은 다른 사람과 나누어 가졌다. 일본인들과는 전혀 달랐다. 적어도 이 키다리 해병대원은 일본인과 달랐다. 미국 국기가 게양되자 그는 다시 주다 추장과 악수를 나누었다.

어머니는 로킬레니에게 집으로 달려가서 '알루(조가비 목걸이)'를 가져오라고 일렀다. 로킬레니가 돌아오자 어머니는 알루를 키다리 해병대원의 목에 걸어 주고 마셜 어로 노래를 불렀다.

이 알루를

이 즐거운 날

우리를 떠올리게 할 기념품으로

당신에게 드립니다.

키다리 해병대원은 통역의 말을 들은 뒤 진지하게 말했다.

"부하들을 대표해 고맙게 받겠습니다."

어머니가 방긋 웃었다. 어머니는 길게 자란 검은 머리와 동그스름한 얼굴, 커다란 검은 눈을 가지고 있었다. 어머니의 눈은 보초에 부딪혀 하얗게 부서지는 바닷물이 햇빛을 받았을 때처럼 늘 반짝반짝 빛났다. 로킬레니의 눈도 어머니를 닮았다.

곧이어 적군을 묻을 구덩이가 파였고, 일본군 병사들은 보초 근처에 알몸으로 묻혔다. 애도하는 마음도 엄숙한 의식도 없이 쓰레기처럼 구덩이에 버려졌다.

매장이 끝난 뒤, 쏘리는 주민들과 함께 줄을 서서 미군 군의관들에게 건강 검진을 받았다. 비키니 섬에는 질병이 거의 없었다. 생선과 코코넛과 타로로 이루어진 식사는 건강에 좋았다.

해질녘에 쏘리는 주민들과 함께 그늘진 해변에 서서, 배로 돌아가는 미군 해병대원들에게 "코몰, 코몰!" 하고 말했다. '고맙습니다. 행운이 있기를!'이라는 뜻이었다.

미국인들이 떠나자 마을 사람들은 해방된 것을 하느님께 감사드리기 위해 모두 교회로 갔다. 주다 추장은 등잔에 불을 켰고, 사람들은 노래를 불렀다. 할아버지가 오래전에 선물 받은 하얀 웨이터용 재킷을 입고 마셜 어 성경으로 시편 147장을 읽었다. 그 재킷은 항상 할아버지를 근엄해 보이게 했다.

"주님을 친양하리! 우리 주님을 찬양함이 엄마나 기쁘고 좋은 일이며……."

그리고 나서는 모두들 야자나무 잎으로 만든 횃불을 들고 쏘리가 제일 좋아하는 찬송가인 〈어메이징 그레이스〉를 부르면서 기상 관측소로 갔다. 그것은 쏘리가 평생 잊지 못할 밤이었다. 딱딱 소리를 내면서 빨갛게 타오르는 삼사십 개의 횃불이 조용한 밤의 어둠을 배경으로 막사를 향해 흘러갔다. 해변에 밀려와 부서지는 파도 위로 사람들의 목소리가 퍼져 나갔다.

쏘리의 어머니와 할머니를 비롯한 여자들은 목조 건물에 불려 가 청소한 적이 있기 때문에, 그곳에 뭐가 있는지 이미 알고 있었다. 일본군 막사에는 일본에서 가져온 별난 물건이 많았다. 연장과 식량, 일본 옷, 신발, 책, 밥그릇, 젓가락, 맥주. 총과 무기는 미군 해병대원들이 가져가고 없었다.

주다 추장은 날이 밝으면 물건들을 집집마다 공평하게 나누어 주겠다고 말했다.

쏘리는 사진이 많이 실린 일본 잡지를 보고는 주다 추장에게 그걸 달래야겠다고 마음먹었다.

몇 시간 뒤에 미국 배들은 어둠 속으로 떠났고, 주민들은 축하 행사를 시작했다.

섬사람들은 커다란 쌀자루 여든 개, 생선과 고기가 든 통조림, 지금까지 본 적도 없는 갖가지 채소 통조림 수백 개를 얻었다. 전보다 훨씬 부자가 된 셈이었다. 할아버지는 비키니 섬의 생활도 서서히 정상으로 돌아갈 거라고 예언했다.

다음 날 아침 쏘리는 일본 잡지를 달라고 했다.

1939년,
세계적으로 유명한 물리학자 알베르트 아인슈타인은
프랭클린 D. 루스벨트 미국 대통령에게 편지를 보내
독일이 '가공할 군사 무기'인 원자 폭탄을
제조할 능력이 있다고 경고했다.

5

쏘리는 잡지를 들고 작은 골짜기 너머에 있는 모래톱으로 가서, 두껍고 매끄러운 잎이 무성한 떨기나무 그늘에 앉았다. 바람이 마을 쪽으로 실어 오는 소금기 많은 물보라를 견디려면 식물들도 억세지 않으면 안 되었다. 쏘리는 종종 혼자 그곳에 가서 이런저런 생각에 잠기거나 수평선 너머에 무엇이 있는지 궁금해했다. 때로는 화려한 조가비와 꽃이 수북하게 쌓여 있는 것을 발견하기도 했다. 그것은 할머니가 예전에 모셨던 신령들에게 공물로 바친 것들이었다. 그곳은 늘 한적했다.

섬의 보초 쪽에서 자라는 나무들 가운데 '투르네포르티아'라는 나무가 있었다. 복잡하게 뒤얽힌 갈색의 벌거벗은 가지들은 기다란 손가락처럼 보였다. 할머니는 밤중이면 그 나무가 말을 한다고 말하곤 했다. 그리고 얼마 전에는 그 나무가 섬 주민들에게 끔찍한 일이 생길 거라고 말하는 것을 들었다고 했다.

쏘리는 커다란 잡지에 실린 사진을 보고 감탄했다. 잡지에는 야자나무보다 열 배나 높은 건물이 있었다. 크기가 섬의 절반쯤 되어 보이는 배도 있었고, 궤도 위를 달리는 기계도 있었다. 사람들은 모두 옷을 입고 있었다. 그 밖에도 쏘리가 말로만 들었을 뿐 한 번도 보지 못한 것들이 많이 실려 있었다. 쏘리는 다른 세상이 궁금할 때가 많았다. '아일링칸'은 어떤 곳일까. 그런데 드디어 그 바깥세상을 보고 있는 것이다. 쏘리는 그곳에 가고 싶었다.

쏘리는 그날 아침 세 시간 동안, 밀랍을 입힌 것처럼 매끄러운 잎을 무성하게 매달고 습기 찬 타로 저장굴 옆에 서 있는 떨기나무 밑에 앉아서 잡지를 뒤적거렸다. 바닷물이 가까이까지 밀려와 하얗게 부서졌다. 세 시간 후 쏘리는 로킬레니에게 잡지를 넣을 주머니를 만들어달래야겠다고 생각하면서 집으로 돌아갔다.

거적을 만드는 것은 여자들의 일이었다. 남자가 그 일을 하는 것은 허용되지 않았다. 옛날에는 여자들이 카누를 타고 물고기를 잡는 것이 허용되지 않았다. 해안에서는 물고기를 잡아도 좋지만 카누를 타고 잡아서는 안 되었다. 법률은 엄격했다. 지금도 모닥불에서는 남자들만 요리할 수 있었다. 반대로 산호초 석회암 조각을 쌓아 올려 만든 호리병박 모양의 화덕인 '움'에 음식을 구울 수 있는 것은 여자들뿐이었다.

태양이 가장 뜨거운 한낮에는 모두들 낮잠을 잤다. 개와 돼지와 닭도 잠을 잤다. 들리는 소리라고는 야자나무 잎이 바람에 흔들리는 소리뿐이었다. 12월부터 4월까지는 바람이 끊임없이 불었다. 쏘리도 대개는 잠을 잤다. 하지만 그날은 잠을 잘 수가 없었다. 쏘리는 거적 위에 앉아서 잡지에 열중했다. 사진 한 장을 몇 분씩 보고 또 보았다. 그는 바깥세상에 대한 정보에 굶주려 있었다.

그날 오후에 쏘리는 자기가 맡은 두 가지 중요한 일을 했다. 하나는 덜 익은 코코넛을 따는 것이었다. 이 일은 로킬레니와 함께 했다. 쏘리는 야자나무 줄기에 나 있는 좁은 새김눈에 발가락을 끼우고 올라갔다. 로킬레니도 나무 타는 솜씨는 쏘리 못지않았지만, 코코넛을 두세 개 이상 비틀어 딸 힘이 없었다.

나무 아래에서 로킬레니가 소리쳤다.

"물고기가 보여?"

쏘리는 깜박 잊고 있었다. 코코넛을 따러 높은 나무 위로 올라간 사람은 누구나 몇 분 동안 호수를 살피며 그곳에서 돌아다니고 있을지도 모르는 물고기 떼를 찾았다. 수면에 거품이 일면 물고기 떼가 있다는 표시였다. 그것을 본 사람이 고둥을 불면 카누들이 재빨리 호수로 나가 수면을 달리면서 그물을 던졌다.

"아무것도 안 보여."

쏘리는 커다란 코코넛 하나를 비틀어 따면서 외쳤다.

쏘리는 처음 야자나무에 기어오르던 날을 기억했다. 다섯 살 때였다. 그때 아버지가 얼마나 자랑스러워했는지 모른다. 비가 안 오는 건기에는 코코넛에서 나오는 물을 사용했다. 집집마다 매일 서른 개가량의 코코넛이 필요했다. 비는 여름에만 내렸고, 마을 사람들은 최대한 빗물을 가두어 속이 빈 나무줄기와 커다란 양철통에 저장했다. 그리고 이제는 일본군이 만든 저수조도 있었다.

코코넛이 없으면 살아남을 수 없었다. 북쪽의 낮은 산호초들에는 민물이 거의 없거나 아예 없었다. 코코넛을 잘라서 그 속에 든 물을 비운 뒤 덜 익은 과육은 토막을 내서 가축들에게 먹였다. 식량이 낭비되는 일은 절대로 없었다. 섬사람들은 수백 년 동안 섬과 바다가 주는 것을 먹고 살았다.

하지만 진짜 생명의 양식은 언제나 코코넛이었다. 야자 껍질을 가루로 만들어 상처에 바르면 출혈이 멎었다. 뿌리를 찧어 걸쭉하게 만든 것은 치통에 효과가 있었다. 할아버지는 기도할 때 자주 코코넛에 대한 감사를 표현하곤 했다.

그 밖에 쓸모 있는 나무는 기묘한 판다누스인 '봅'뿐이었다. 할아버지는 봅이 지구상에서 가장 오래된 식물이라고 말했다. 판다누스 암나무에 열리는 열매는 파인애플처럼 생겼는데, 거기에서 나오는 젤리를 말리면 바다를 오랫동안 항해할 때 식량으로 쓸 수 있었다.

옛날에는 판다누스 나무로 돛까지 만들었다. 길쭉한 리본처럼 생긴 마른 잎은 표면이 단단해서 지붕과 깔개로 안성맞춤이었다. 쏘리는 판다누스 열매의 안쪽 끝에 있는 주황색 녹말 펄프를 자주 씹어 먹었다. 수꽃의 꽃가루를 코코넛 기름에 넣으면 사랑의 미약이 되었다.

할아버지는 기도를 드릴 때 '봅'도 잊지 않고 그 나무가 건강하기를 빌었다.

쏘리는 취사장 근처에 코코넛을 쌓고는 곧바로 아버지의 유품 중에서 작살 하나를 골라 보초로 돌아갔다. 낚시는 호수 연안에서 할 수도 있었지만, 그곳에 사는 물고기들은 크기가 작아서 작살로 잡기가 힘들었다. 그리고 잡지도 다시 보고 싶었다. 바다 쪽은 파도가 높을 때는 위험했지만 물고기를 잡기가 쉬웠다.

파도는 멀리서 기세 좋게 몰려와 단단한 산호초 가장자리에 부딪히면서 물보라를 날려 보내고, 하얀 물거품을 산호초 안쪽으로 넘쳐 흐르게 했다가 다시 빨아냈다. 바다는 귀청이 찢어질 만큼 큰 소리로 들어오지 말라고 경고하는 날도 있었고, 미소를 지으며 어서 오라고 환영할 때도 있었다.

바다는 쏘리가 모래 위를 기어다닐 때부터 친구이자 적이었다. 어른들은 항상 바다를 주의 깊게 관찰하고, 바다의 소리에 귀를 기울이고, 바다가 사랑과 위험에 대해 이야기하는 것을 들으라고 말했다.

쏘리는 아버지가 보초 근방 어딘가에서 죽었다고 믿었다. 아버지는 그날 카누를 타지 않고 호수에서 고기를 잡고 있었다. 아버지는 작살을 들고 산호초 쪽으로 향했다. 여기까지는 쏘리도 알고 있었다. 쏘리는 아버지가 지느러미 달린 먹이를 찾아 해안과 가까운 바다에서 헤엄을 치고 있던 상어와 마주쳤을 거라고 짐작했다. 아마도 흉악한 뱀상어였을 것이다. 아버지의 주검은 끝내 발견되지 않았다. 쏘리는 산호초 부근 바다에서 작살질을 할 때는 항상 조심했다.

오늘 파도는 잔잔했고, 쏘리는 파도가 부서지고 있는 곳 아래로 내려가 파도 밑을 지나서 낙 브인 마나모 니웠디. 물 이케로 푸른 산호와 흔들리는 해초들이 보였다. 무지개처럼 다채로운 색깔의 물고기들이 산호 사이의 골짜기와 동굴과 통로를 들락거리고 있었다. 양놀래기, 능성어, 검은꼬리물퉁돔, 분홍색과 노란색과 초록색을 띤 작은 물고기 떼가 헤엄치고 있었다. 곰치 한 마리가 산호 틈에 숨어서 먹이를 기다리고 있는 것이 보였다.

쏘리는 손수 만든 물안경을 쓰고 있었다. 깨끗이 씻은 유리병을 깨뜨려서 산호에 문질러 모양을 만든 다음 나무틀에 끼운 것이었다. 쏘리는 물속에서도 눈을 뜨고 있을 수 있었다. 물안경은 노끈으로 머리에 붙들어 맸다. 야자 섬유를 넓적다리 위에 놓고 문지르면 노끈이 만들어졌다. 노끈의 굵기는 3밀리미터에 불과했지만 30킬로그램짜리 다랑어도 지탱할 수 있을 만큼 질겼다. 섬의 전통에 따르면 여자는 노끈을 꼴 수 없었다. 쏘리는 노끈을 수없이 꼬았다.

쏘리는 발을 거의 움직이지 않고 물에 뜬 채로 능성어에 날카로운 작살을 찔러 넣을 기회가 오기를 기다렸다. 마침내 한 녀석이 사정권 안으로 들어왔다. 쏘리는 머리 바로 뒤에 작살을 꽂았다. 능성어가 퍼덕거리자 작살과 연결된 손목 올가미가 팽팽해지며 쏘리를 깊은 곳으로 끌고 들어갔다. 쏘리는 전에도 그곳에서 작살질을 한 적이 있었다.

이제 쏘리는 매끄러운 산호 선반에 발을 딛고, 숨을 쉬기 위해 물 밖으로 고개를 쑥 내밀었다. 능성어는 몸부림을 치면서 작살에서 벗어나려고 기를 쓰다가 결국 포기했다. 쏘리는 능성어를 끌고 해변으로 돌아갔다.

쏘리는 헤엄을 치지 못한 때가 기억나지 않았다. 초호와 보초 부근의 바다는 제2의 집이나 마찬가지였다.

쏘리는 다시 파도 속으로 뛰어들어 벼랑 쪽으로 내려가다가 더 큰 능성어 한 마리를 발견했다. 5킬로그램쯤 되어 보이는 그 녀석만 잡으면 온 가족이 이틀은 먹을 수 있을 것이다. 능성어는 위에 떠 있는 쏘리의 그림자에는 아무 관심도 기울이지 않고 어둠 속에서 나오고 있었다. 녀석은 온통 먹이에만 정신이 팔려 나비고기와 망둥이 떼를 향해 헤엄쳐 가고 있었다.

쏘리의 작살이 녀석의 아가미 뒤에 구멍을 뚫었다. 피가 붉은 구름처럼 쏟아져 나왔다. 쏘리는 다시 위로 올라갔다. 그 순간 거대한 청회색 형체가 빠르게 다가오는 것이 눈에 들어왔다.

쏘리는 그 형체의 정체를 알아차렸다. 태평양에서 가장 빠른 상어인 청상아리였다.

청상아리는 사람을 공격할 수도 있고 공격하지 않을 수도 있다. 레몬 상어와 얼룩상어, 블랙핀 상어, 화이트팁 상어, 샌드 상어는 거의 문제가 되지 않았다. 귀상어와 무태상어, 그리고 가장 위험한 뱀상어를 만나면 잠수부들은 혼비백산하여 물 밖으로 달아났다. 하지만 교활한 청상아리가 무슨 생각을 하고 있는지는 아무도 알 수 없었다.

오늘 녀석은 능성어와 작살을 한입에 삼키려고 뾰족한 머리를 좌우로 흔들었다.

쏘리는 청상아리가 사는 어둠 속으로 끌려 내려가지 않으려고 손목에 감은 올가미를 얼른 벗겨냈다. 그러고는 수면으로 올라가 처음에 잡은 물고기를 들고 집으로 돌아갔다. 내일은 상어가 있든 없든 같은 지점에서 손실을 만회할 수 있을 터였다.

살아 있는 산호초와 그 주변 생물은 인간이 헤아릴 수 없을 만큼 오랫동안 그러했듯이 내일도 그 자리에 있을 것이다. 작은 동물들은 바닷물에 들어 있는 석회로 산호를 만들고, 죽으면 껍질을 남겨 그들의 빈 집을 숨겨진 먹이로 가득 채웠다. 돌멩이를 뒤집으면 딱총새우가 내는 소리가 들리고 해초를 들어 올리면 거미게를 찾을 수 있었다. 작은 문어는 산호초 전역에 살고 있었다. 문어들은 쏘리가 한입에 물어 죽일 때까지 꿈틀거리면서 쏘리의 머리와 목을 다리로 휘감았다.

해질녘은 하루 중 가장 아름다운 때였다. 쏘리는 다시 잡지를 보고 있었다. 잡지는 아무리 보아도 싫증이 나지 않았.

가까운 모래밭에 앉아 있던 할아버지가 쏘리를 바라보며 물었다.

"거기서 뭘 보고 있는 거냐?"

"이 세상에 있는 줄도 몰랐던 것들을 봐요. 이 건물 좀 보세요, 할아버지. 얼마나 높은지 몰라요."

쏘리는 할아버지한테 책에 실려 있는 빌딩을 보여 주었다.

"이런 곳을 아셨어요?"

"들은 적은 있다만……."

"이 건물에 들어가서 안을 둘러보고 싶지 않으세요?"

"아니다."

할아버지는 고개를 저었다.

할아버지는 희망이 없다고 쏘리는 생각했다. 이 작은 섬에서 늙어 버린 할아버지는 요즘에는 환초도 벗어나지 않았다. 할아버지가 할 수 있는 일이라고는 날마다 성경을 읽고 주일에 이야기할 거리를 찾는 것뿐이었다.

쏘리가 책장을 넘겨 기차를 가리키면서 물었다.

"할아버지, 타 보고 싶으시죠?"

"아니다."

할아버지는 하품을 하면서 말했다.

할아버지는 정말 희망이 없었다. 할아버지의 연장은 아직도 옛날부터 내려오는, 상어 이빨로 만든 송곳과 조가비로 만든 칼이었다. 할아버지는 진주조개 껍데기로 만든 10센티미터 길이의 낚시 견지를 가지고 있었다. 그것은 50년도 더 된 물건이었다. 젊은이들은 바깥세상에서 들어온 현대식 강철 연장과 낚시 도구를 모았지만, 할아버지는 아니었다.

할아버지는 숲 속으로 들어가 나뭇잎을 엮어서 몇 분 만에 초록색 바구니나 모자를 뚝딱 만들어 낼 수 있었다. 그것이 옛날 방식이었다. 쏘리도 그렇게 할 수 있었지만, 옛날 방식을 실천할 작정은 아니었다.

쏘리는 할아버지를 사랑했다. 그러나 할아버지처럼 살고 싶지는 않았다.

이틀 뒤, 일본군 점령이 끝나고 처음으로 마을 회의가 소집되기 직전에 할아버지가 쏘리에게 대화를 청했다. 쏘리는 알라브가 되어 자기보다 두세 배나 나이가 많은 어른들과 함께 회의에 참석하는 것이 걱정스럽다고 말했다. 그들에게 비웃음과 경멸을 당할 거라고 쏘리는 생각했다.

할아버지가 말했다.

"그래도 해야 한단다."

어머니가 덧붙였다.

"아프거나 정신 이상이 아니라면. 하지만 너는 둘 다 아니잖니."

"처음에는 내가 곁에 앉아 있어 주마."

할아버지가 약속했다.

일본군이 점령하고 있는 동안에는 마을 회의가 두 번밖에 소집되지 않았다. 두 번 다 바깥쪽 섬의 재산 분쟁을 해결하기 위해서였다. 마을 회의는 결정을 내릴 필요가 있을 때에만 소집되었다.

"전 무슨 말을 해야 할지 모를 거예요."

쏘리가 여전히 걱정하는 투로 말했다.

"차츰 알게 돼. 문제는 대개 간단해. 문제가 무엇이든 그것을 곰곰 생각한 다음, 네가 생각한 대로 투표하면 된다."

할아버지가 말했다.

"이젠 너의 시대야. 열네 살이 되었으면 근육만 아니라 머리도 써야지."

어머니가 단호하게 말했다

"그래, 쏘리. 그렇게 해야 돼."

타라 선생님이 말했다.

그들은 취사장 옆에 나와 있었다. 어머니는 '제카로'로 푸딩을 만들고 있었다. 야자나무 수액은 쓸모가 많았다. 어머니는 제카로에 코코넛 가루를 버무려 눈깔사탕을 만들기도 했다. 수액을 달여서 타로에 부어 먹는 걸쭉한 시럽을 만들 수도 있었다.

쏘리는 나무 그릇에 손가락을 집어넣어 그릇에 묻은 달콤한 푸딩을 긁어 냈다.

"하지만 할아버지, 어떻게 투표할지 할아버지가 말씀해 주신다면 저는……."

"나는 대여섯 번만 함께 갈 거야."

쏘리는 손가락에 묻은 푸딩을 핥아먹고, 숨을 한 번 내쉰 다음 고개를 저었다.

어머니가 말했다.

"아버지가 마을 회의에 참석한 너를 보시면 무척 자랑스러워하셨을 텐데."

쏘리는 한숨을 내쉬었다. 나이 많은 어른들과 함께 앉아 있으면 지레 주눅이 들어서 의견이 있어도 입을 열기가 겁날 것이다. 그러면 아무것도 모르는 바보가 된 기분이 들 게 뻔한데 할아버지와 어머니는 왜 그길 이해 못하실까? 게다가 열네 살이 되었다는 이유만으로 갑자기 딴 사람이 되었다고 생각하는 것은 잘못이다. 사람이 하룻밤 사이에 달라지지는 않는다.

쏘리는 어머니와 타라 선생님을 바라보고 이어서 할아버지를 쳐다보았다.

"저는 할아버지와 공동으로 할래요. 우리는 둘 다 알라브지만, 투표할 때는 한 표만 행사하겠다고 사람들한테 말하면……."

바로 그거야. 그러면 보초 부근 어딘가에 있을 아버지의 넋도 자랑스럽고 행복할 거야.

할아버지의 얼굴에 보일락 말락 미소가 어렸다.

1941년 1월 19일,
루스벨트 대통령은 원자 폭탄 제조를 위한 연구를 승인했다.

6

 비키니 섬과 아오에만 섬 사이에 있는 난틸 섬은 비키니 섬에서 북서쪽으로 8킬로미터 떨어져 있는 섬이다. 길이는 1.5킬로미터, 너비는 500미터 정도였다. 쏘리는 주로 집에서 벗어나기 위해 아이들과 함께 대여섯 번 거기에 간 적이 있었고, 때로는 밤새 머물기도 했다.
 오늘은 성인이 되어 가족을 책임지게 된 것을 기념하기 위해 혼자 그곳에 갈 예정이었다. 그것이 섬의 전통이었다.
 옛날부터 환초의 남자들은 여느 때와 똑같은 얼굴과 목소리로부터 떨어져 혼자 지내기 위해 다른 섬에 가서 하루나 이틀 밤을 머물렀다. 그들은 많은 것을 생각할 수 있는 곳으로 갔다. 쏘리의 아버지도 이따금 그렇게 했다. 한번은 어머니와 말다툼을 한 뒤 북서쪽에 있는 보카바타 섬에 가서 일주일 만에 오기도 했다.
 비키니 섬은 끝에서 끝까지 아주 천천히 걸어도 한 시간이 채 걸리지 않았다. 그렇게 좁은 곳에서는 어떤 비밀도 하룻밤을 넘기지 못했다. 집안이나 이웃 사이에 주먹다짐이 자주 일어나지 않는 게 이상할 정도했다. 아직까지 쏘리는 주먹다짐을 본 적이 없었다. 마을이 그토록 평화로울 수 있었던 것은 아마 목걸이처럼 초호를 빙 둘러싼 환초의 온화한 공기와 고요함 때문이었을 것이다. 하지만 때로는 그 좁은 바닥이 숨 막힐 만큼 답답하게 느껴질 때도 있었다.

난틸 섬은 지금까지 알려진 바로는 인간이 상주한 적이 한 번도 없었다. 그 섬에는 아름다운 야자나무 숲이 있고, 판다누스 나무도 예순 그루쯤 흩어져 있었다. 쏘리는 난틸 섬을 에워싸고 있는 보초의 틈새와 구멍을 좋아했다. 그것은 집게발이 없는 바다가재의 서식처로 안성맞춤이었다. 쏘리는 거북 알을 찾기 위해 모래를 팠다. 그곳에는 흔한 물고기도 많았다.

오늘은 일본군들이 자결한 뒤 두 번째로 보름달이 뜨는 날이다. 아침나절에 쏘리는 물고기를 잡을 그물과 작살 두 개, 잡지와 함께 잠자리용 거적을 작은 카누에 실었다. 로킬레니가 잡지를 넣을 나뭇잎 주머니를 만들어 주었다. 잡지는 쏘리의 소중한 보물이었다.

쏘리는 카누를 바다로 밀어낸 다음, 돛을 끌어올려 난틸 섬으로 향했다. 바람은 일정한 방향으로 부드럽게 불었다. 카누는 작은 파도를 헤치며 미끄러져 나갔다. 평소에는 돛 없이 노만 저어 항해했지만 오늘은 배에 돛을 달았다.

높고 좁은 선체와 활 모양의 '아우트리거(배 옆에 달린 안전용 가로

대)'가 특징인 마셜 제도의 쌍두선은 속력이 빠르고 다루기 쉬운 배로 남태평양 전역에 널리 알려져 있었다. 갑자기 폭풍우를 만나도 헝겊 돛에서 바람을 빼내고 쉽게 폭풍우를 헤쳐 나갔다. 섬에는 먼 바다를 항해할 수 있는 대형 카누가 여덟 척 있었다. 길이는 7미터나 9미터였고, 돛대의 높이는 6미터에 이르렀다. 이 배를 모는 데에는 두세 명이 필요했다. 초호 연안을 항해할 때 쓰는 작은 카누는 세 척이 있었는데 그런 배는 쏘리도 혼자 다룰 수 있었다.

쏘리는 아버지한테 물고기 잡는 법과 항해하는 법을 배웠다. 할아버지한테는 별자리와 폴리네시아 인과 미크로네시아 인이 수백 년 동안 이용해 온 항해법을 배웠다. 그들은 야자나무 잎줄기를 노끈으로 묶어 '마탕'이란 해도를 만들었다. 이 막대기 지도에는 여기저기 떨어져 있는 섬의 위치가 표시되어 있을 뿐 아니라, 해류의 종류와 해류가 카누의 뱃머리와 부딪히는 모양을 보고 방향을 잡을 수 있도록 고안되어 있었다.

할아버지는 어렸을 때 들은 이야기를 쏘리에게 들려주곤 했다. 비키니 섬의 전통 신앙은 별과 행성, 바다, 태양과 연결되어 있었다. 수백 해리나 되는 긴 항해를 떠나게 되면, 전사들은 그들의 신 '아니'에게 순풍과 안전을 기원했다. 그들은 사제가 아니의 축복을 내려 줄 때까지 며칠씩 기다리곤 했다.

이따금 쏘리는 그 시절에 살았다면 어떠했을까를 상상했다. 아홉 명의 건장한 사내들과 함께 15미터 길이의 카누를 타고 전사의 노래를 부르며 대여섯 척의 카누와 나란히 달려갔겠지. 멀리까지 나가서 몇 달 동안 집에 돌아오지 않았을 거야. 쏘리는 커다란 카누를 타고 다른 땅을 향해 수면을 미끄러지듯 내달렸던 옛사람들을 생각하고 있었다. 언제쯤이면 나도 그곳에 갈 수 있을까?

쏘리는 한 시간도 채 지나기 전에 난틸 섬에 도착했다. 돌아갈 때는 바람을 거슬러 가야 하니까 시간이 좀 더 걸릴 것이다. 사람이 살지 않는 그 섬은 새들의 차지였다. 쏘리가 카누를 해안으로 끌어올리자 흑로와 제비갈매기, 노랑발도요, 검은머리갈매기, 붉은꼬리열대새와 갈매기들이 꽥꽥거리며 모래밭에서 날아올랐다. 모래밭과 덤불 속에는 수백 개의 둥지가 있었다.

쏘리는 새들을 향해 훠이 훠이 소리를 질렀다. 새들의 둥지에 너무 가까이 다가가면 공격당하기 십상이었다. 쏘리는 아이들과 함께 난틸 섬과 다른 무인도에 갔다가 새들의 날카로운 부리에 머리를 쪼인 뒤에는 가능하면 새 둥지를 피해야 한다는 것을 깨달았다. 한번은 새들한테 쪼여서 피가 난 적도 있었다.

날개를 쫙 펴면 2미터가 넘는 군함새는 번식기에 특히 위험했다. 쏘리가 난틸 섬에 도착했을 때 군함새들이 먹이를 먹으려고 둥지에서 나와 있는 것이 보였다. 군함새들은 바다 위로 높이 날아올라 날개를 움직이지 않고 기다리다가 다른 새들이 물고기를 잡으면 급강하해서 잡은 고기를 빼앗았다. 군함새는 발에 물갈퀴가 없어서 물 위에 내려앉지 못했다.

쏘리는 해변을 구석구석 뒤져서 조개를 찾고, 다시 잡지를 보고, 집에 가져갈 코코넛을 딴 다음, 밤이 되어 달이 뜨면 보초에서 바다가재를 잡을 작정이었다. 오늘 쏘리는 성년이 되었고, 혼자였고, 하고 싶은 일은 뭐든지 할 수 있었다.

지난해에 난틸 섬에서 끔찍한 비극이 일어났었다. 쏘리보다 한 살 아래인 이지리크 집안의 오거스트가 사촌형 자수아와 함께 하루를 보내러 이곳에 왔다가 변을 당한 것이다. 그날 있었던 일을 사람들에게 전한 것은 자수아였다.

섬에 도착한 두 아이는 파도에 떠밀려 모래밭에 올라온 크고 둥근 금속 물체를 발견했다. 그 물체에는 뿔이 달려 있었다.

자수아는 그 물건에 손을 대지 말라고 오거스트에게 말했다. 아무래도 전쟁과 관계가 있는 것 같았기 때문이다. 하지만 오거스트는 귀담아듣지 않았고, 자수아가 다른 쪽으로 가자 커다란 조가비로 방아쇠 구실을 하는 뿔 하나를 두드렸다. 폭발은 몇백 미터 떨어진 곳에 있던 자수아까지 쓰러뜨렸다. 오거스트는 흔적도 없이 사라져서 땅에 묻을 주검 한 조각 남지 않았다. 오거스트가 건드린 것은 초호의 계류장에서 빠져나온 일본군의 수뢰였던 것이다.

가엾은 오거스트. 가엾은 난틸 섬. 굉음은 비키니 섬에서도 들렸다.

그 후 쏘리는 다시는 난틸 섬에 오지 않았고, 오늘도 가족 말고는 아무한테도 여기에 온다는 말을 하지 않았다. 쏘리는 다른 사람들도 최근에는 이 섬에 오지 않았을 거라고 생각했다. 마셜 제도 사람들,

특히 욜로 할머니처럼 나이 많은 사람들은 악령의 존재를 믿었다. 그들은 오거스트의 죽음도 악령의 짓이라고 생각했다. 오거스트가 수뢰를 건드린 것은 악령 '일라크'가 "뿔을 두드려라!"라고 속삭이는 목소리를 들었기 때문이라는 것이다.

일 년 가까이 아무도 난틸 섬 근처에 오지 않았기 때문에, 코코넛이 땅에 떨어져 싹을 틔우고 있었다. 덜 익은 코코넛도 나무에 많이 매달려 있었다. 철 지난 판다누스 열매는 송이째 떨어져 모래 속에서 썩어 가고 있었다.

귀에 거슬리는 새들의 울음소리, 야자나무 잎이 펄럭이는 소리, 보초에 파도가 밀려와 부딪히는 소리가 들렸다. 비키니 섬에서 들리던 소리들은 전혀 들리지 않았다. 아이들이 놀면서 외치는 소리도, 카누 만드는 사람이 통나무 속을 파내는 소리도, 여자들이 판다누스 나뭇잎을 엮으면서 흥얼대는 소리도 없었다. 쏘리는 혼자 있기 위해 그 모든 것을 뒤에 남겨 두고 떠나왔다.

쏘리는 초호에 뛰어들어 돌고래처럼 몸을 굴리며 잠시 헤엄쳐 나갔다가 해안 쪽으로 돌아왔다. 허리까지 찬 물속에는 수중 정원이 있었다. 다시마, 물결에 흔들리는 초록빛 부채산호, 선명한 푸른색 이끼와 붉은 해삼, 진홍색과 노란색 해면, 그 사이를 노니는 온갖 색깔의 물고기들…….

쏘리는 초호 해변을 따라 걷다가 섬들을 해방시킨 미국 배에서 해안으로 밀려온 물건들을 발견했다. 빈 상자, 빈 병, 나무 의자, 그 밖에 정체를 알 수 없는 물건들도 많았다. 미국 배들이 떠난 뒤, 비키니 섬 해변에도 비슷한 물건들이 떠밀려 왔다. 쏘리는 그것들을 가져가서 나누어 주려고 카누 근처에 쌓아 두었다. 나무 의자는 서랍장 옆에 놓고 쓰면 좋을 듯싶었다. 쏘리는 해안을 걸어다니며 주운 물건을 쌓으면서 두 시간을 보냈다.

그 다음에는 조가비를 찾았다. 지난번에 왔을 때보다 조가비가 훨씬 많았다. 구슬우렁, 무늬개오지, 묘안석과 헬멧도 있었다. 쏘리는 해변에 떠밀려 온 해군용 범포 자루에 그것들을 담았다. 로킬레니에게 줄 선물이었다. 쏘리는 빈 고둥 껍데기도 세 개 발견해서 자루에 넣었다. 청소부인 고둥은 모래 바닥에 살면서 천천히 덜컹덜컹 움직였다. 작은 게들은 빈 고둥 껍데기를 집으로 삼았다.

쏘리는 타라 선생님과 나눈 마지막 대화를 생각했다. 두 사람은 자주 대화를 나누었다. 타라 선생님은 쏘리에게 열여덟 살이 되기를 기다렸다가 콰잘린 섬이나 마주로 섬으로 가서 일자리를 찾고, 나중에는 하와이 섬으로 가서 고등학교를 마치고 대학에 들어가라고 말했다. 쏘리는 꼭 그렇게 할 작정이었다. 앞으로 4년 남았다. 타라 선생님은 그때까지는 전쟁이 끝나기를 바랐다. 하지만 내가 떠나면 누가 집안을 책임지지? 쏘리는 그것이 걱정이었다.

해가 가장 높이 떠올랐을 때 쏘리는 야자나무에 올라가 덜 익은 코코넛을 따서 즙을 마시고, 판다누스 열매를 먹었다. 그리고 다시 잡지를 보려고 그늘로 들어갔다. 그 잡지를 벌써 백 번은 보았을 것이다.

책장 가장자리가 너덜너덜해져 있었다.

볼 때마다 쏘리는 새로운 것을 배우고 새롭게 생각할 거리를 발견했다. 넓게 펼쳐져 있는 하얀 땅에서 썰매에 앉아 웃고 있는 일본 소년이 있었다. 쏘리는 그 하얀 것이 '눈'이라고 불린다는 것을 알았다. 시골길에서 바퀴가 둘 달린 기계를 타고 있는 소년도 있었다. 타라 선생님은 쏘리에게 기계들에 대해서도 말해 주었다.

그 다음에는 전쟁 사진을 보았다. 행군하는 병사들, 날아가는 비행기, 검은 연기를 내뿜으며 대포를 쏘아 대는 배들. 눈밭에서 즐거워하고, 기계를 타는 사람들이 어떻게 전쟁도 하는지 도무지 이해할 수가 없었다.

아일링칸 사람들의 기질을 이해할 수 없어 어리둥절해진 쏘리는 오거스트와 몇백 미터 떨어진 곳에서 일어난 비극을 생각하다가 잠이 들었다. 수뢰가 폭발한 모래밭에는 아직도 구멍이 남아 있었고 주변의 모래는 새까맸다.

1942년 6월, 미국은
원자 폭탄 제조로 이어질 수 있는 핵분열 연구를 계속하기 위해
육군 공병단에 '맨해튼 관구'를 창설했다.

7

 태양이 수평선으로 4분의 1쯤 기울었을 때 잠에서 깨어난 쏘리는 초호로 달려가서 물속에 뛰어들었다. 그리고 카누에서 작살 하나를 꺼내 해안에서 약간 떨어진 보초 쪽으로 걸어가기 시작했다. 바람 불어오는 쪽에 있는 덤불을 피해 야자나무 사이를 누비듯이 나아가던 쏘리는 갑자기 2미터가 넘는 날개를 쫙 편 성난 군함새와 정면으로 맞닥뜨렸다. 군함새는 새끼들이 있는 둥지를 지키려는 듯 목에서 꾸르륵 소리를 냈다. 쏘리는 작살로 군함새를 겨누며 뒷걸음으로 물가까지 내려갔다.
 몇 분도 채 지나지 않아 검은꼬리물퉁돔 한 마리가 쏘리의 작살 끝에서 퍼덕거렸다. 쏘리는 여느 때처럼 물고기의 대가리 뒤쪽을 물어 죽인 다음, 몸을 돌려 야영지로 돌아왔다. 그리고 조가비로 물고기의 비늘을 벗겨 내고 날것으로 조금 먹었다.

태평양 푸른 물이 온갖 색조를 띠는 해질녘, 야자나무 숲에 석양이 그림자를 던지기 시작하자, 새들의 울음소리는 이따금 터지는 외마디 소리를 빼고는 점점 줄어들고 부드러워졌다. 쏘리는 다시 잡지를 집어 들고 처음부터 보기 시작했다. 그렇게 놀라운 기계를 다루는 일본 사람들이 왜 평화롭게 살 수 없는지 또다시 궁금해졌다.

마침내 어둠이 초호와 섬 위에 퍼지자 쏘리는 잡지를 나뭇잎 주머니에 집어넣고 달이 뜨기를 기다렸다. 보름달이나 보름달에 가까운 달은 보초 안쪽 모래톱을 살짝 덮은 얕은 물을 비추어, 야간 사냥꾼들을 도왔다. 지금은 간조 때라서 물이 빠졌지만, 두어 시간 뒤에는 다시 물이 들어와 한 달 중 어느 때보다도 수위가 높아질 것이다.

바다가 잔잔하면 바깥쪽 산호초의 틈새와 골짜기에 사는 집게발 없는 바다가재의 반짝이는 청록색 등딱지를 볼 수 있었다. 녀석들은 밤이면 먹이를 찾아 맑은 물이 무릎 높이까지 올라오는 안쪽 모래톱으로 올라왔다. 하얀 달빛만 있으면 녀석들을 작살로 잡기는 식은 죽 먹기였다. 그래서 보름달이 뜰 무렵이면 마을에서는 으레 잔치가 벌어졌다.

동녘 하늘에 쟁반 모양의 달이 바다에서 4분의 1쯤 떠올랐다. 쏘리가 집집마다 한 마리씩 나누어 줄 바다가재 열한 마리를 잡는 데에는 한 시간밖에 걸리지 않았다. 쏘리는 가져온 그물에 바다가재를 넣고 노끈으로 단단히 묶은 다음, 아침에 가져가기 위해 웅덩이 속에 그물을 고정시켰다. 쏘리는 비키니 섬에서도 가재 잡이가 한창일 거라고 생각했다. 그곳에서도 여남은 명이 작살을 들고 바다로 나올 터였다.

쏘리는 달이 중천에 떠올랐다가 서쪽으로 기울기 시작할 무렵 잠자리에 들었다. 좋은 하루였다. 내일 아침에는 초록색 코코넛을 따서 집으로 돌아갈 것이다.

무엇보다 좋은 것은 혼자서 생각하고 싶은 것만 생각했다는 점이다. 모든 일이 계획대로 진행되었다. 아버지도 보카바타 섬에서 그렇게 했고 만족해서 집으로 돌아왔다.

하지만 쏘리는 여기 난틸 섬에서 온종일 혼자 하루를 보냈지만 사실은 혼자가 아니있다는 것을 알았다. 죽은 사람들이 모두 그렇듯이, 오거스트가 아직도 부근 어딘가에 있었다. 할아버지의 말에 따르면, 죽어서 비키니에 묻힌 사람들은 아직도 그곳에 있었다. 할머니는 밤이면 죽은 사람들이 나타나 해변을 거닌다고 믿었다.

할머니는 침묵의 세계로 들어가기 전에 쏘리와 로킬레니에게 미크로네시아의 악령과 유령과 신령, 그리고 말하는 나무와 물고기 이야기를 들려주었다. 모아킬로아 환초는 게으른 거인 로두프의 집이었다. 콰잘린 섬에 딸린 작은 섬 에바돈은 리키두두의 네 아이를 유괴한 여자 악령의 집이었다. 야프 초호는 괴물 바다도마뱀 갈루프의 집이고, 살인자 로카칼레는 아르노 환초에 딸린 작은 섬 이조엔에 살았다. 어린 쏘리는 할머니의 이야기를 아무리 들어도 싫증이 나지 않았다.

오거스트가 산산이 흩어진 곳 가까이 눕자 그의 존재가 느껴지고 생전의 모습이 생각났지만 무섭지는 않았다. 마음속에서 오거스트가 자신을 죽인 것은 전쟁이지 그 자신이 죽음을 초래한 것은 아니라고 말하고 있었다. 그랬다. 이기적인 전쟁이 오거스트를 죽인 것이다.

쏘리는 오거스트의 미소와 웃음소리를 생각해 냈다. 그들은 함께 물고기를 잡고, 함께 놀고, 바다와 모래밭에서 씨름을 하고, 해변에서 달리기 경주를 하고, 이 섬에 함께 오기도 했다. 쏘리는 오거스트의 진지한 얼굴과 다정한 눈빛을 기억했다.

불현듯 눈물이 솟구쳤다. 쏘리는 눈에 고인 눈물을 통해 달을 바라보았다. 그리고 이제 두 번 다시 난틸 섬에 올 수 없으리라는 것을 알았다. 너무 고통스러웠다. 쏘리는 오거스트의 죽음을 애도하며 흐느꼈다. 그러다가 문득, 자기가 아버지의 죽음을 슬퍼하며 흐끼고 있다는 것을 깨달았다. 쏘리는 갈비뼈가 아파 올 때까지 울다가 잠이 들었다.

쏘리는 새벽에 깨어나 팔꿈치를 괴고 몸을 일으켰다. 호수 건너편을 바라보니 알바트로스 한 마리가 쓸쓸히 물가를 날아가고 있었다. 알바트로스는 이렇게 북쪽에는 거의 나타나지 않는데 웬일로 거기에 있었다. 커다란 하얀 몸에 흰색과 검은색이 얼룩진 날개는 2미터가 넘고, 날개 끝은 작살처럼 날카로웠다. 그 새는 힘들이지 않고 미끄러지듯 날다가 고개를 돌리고 신음 소리를 냈다. 쏘리는 그 소리를 또렷이 들을 수 있었다.

경고다! 언젠가 할아버지가 한 말이 생각났다. 옛날에 알바트로스가 비키니 섬을 지나가면서 신음 소리를 냈는데, 며칠 뒤에 태풍이 닥쳐왔다는 것이다.

뭔가 무서운 일이 환초에 일어나려 하고 있었다. 투르네포르티아 나무가 이미 그것을 경고했고 이제 알바트로스도 그것을 경고하기 위해 나타난 것이다.

1942년 12월,
엔리코 페르미가 이끄는 일단의 물리학자들이
시카고 대학의 눈 덮인 스쿼시 경기장에서
원자핵의 자발적 연쇄 반응을 일으켰다.

'시카고 원자로 제1호'로 알려진 이것은
원자 폭탄 제조로 가는 두 번째 단계였다.

8

"알바트로스가 바로 제 옆을 지나가면서 신음 소리를 냈어요."

쏘리가 말했다. 그 커다란 새의 생김새와 신음 소리는 좀처럼 마음을 떠나지 않았다.

"알바트로스는 자주 그런단다. 하지만 이 근처에는 자주 나타나지 않지."

할아버지가 말했다.

그들은 카누를 넣어 두는 헛간 옆에 있었다. 쏘리는 난틸 섬에서 가져온 것을 카누에서 내리고 있었다. 로킬레니와 타라 선생님과 어머니는 몇 발짝 떨어진 곳에서 지켜보고 있었다.

"길을 잃었는지도 몰라요."

쏘리가 다시 말했다.

"가끔씩 여기까지 오기도 한단다. 몇 해 전에는 한 녀석이 사흘 동안이나 네 아버지의 카누를 따라다닌 적도 있었지. 알바트로스는 바다의 기류를 타고 큰 배나 작은 보트를 따라다니곤 해. 왜 그러는지는 나도 모르겠다만."

어머니가 말했다.

할아버지는 모래밭에 책상다리를 하고 앉아서 말했다.

"알바트로스는 길조가 아니야."

어머니가 할아버지를 쳐다보았다.

"그렇게 말씀하실 줄 알았어요."

"태풍을 잊지 마라."

할아버지는 곤혹스러운 눈빛을 어머니에게 고정시키고 우울하게 말했다.

"물론 잊지 않아요."

어머니가 대답했다. 태풍이 왔을 때는 초호의 물이 섬을 휩쓸어 허리까지 물에 잠기고 집들이 모두 파괴되었을 뿐만 아니라, 타로를 저장해 둔 구덩이도 물로 가득 찼다. 주민들은 모두 야자나무로 달려가 노끈 올가미에 매달려야 했다.

어머니가 말을 덧붙였다.

"하지만 알바트로스가 태풍을 일으킨 건 아니에요."

"알바트로스는 주님의 메시지를 가져왔어. 경고였지. 우리가 죄를 지은 거야."

할아버지가 고집스럽게 말했다.

어머니는 포기했다. 할아버지와 논쟁을 해 봤자 아무 소용도 없었다. 쏘리가 말했다.

"또다시 태풍이 오지 않기를 바랄 수밖에요."

태풍이 몰아쳤을 때 쏘리는 일곱 살이었다. 쏘리는 태풍이 지나간 뒤에도 몇 달 동안 악몽을 꾸었다.

서태평양의 태풍철은 7월부터 10월까지였고 비키니 섬은 태풍의 통상적인 진로에 있지 않았다. 하지만 알바트로스가 태풍을 경고하는 게 아니라면 도대체 무엇을 경고하려는 것인지 쏘리는 짐작도 할 수 없었디.

다른 가족들이 쏘리가 난틸 섬에서 가져온 것들을 보려고 카누 헛간으로 몰려왔다. 파도에 밀려온 물건들이 산호 바위에 부딪혀 박살 날 때도 있었지만, 표류물을 줍기에 가장 좋은 곳은 대개 보초였다. 초호 연안에 떠밀려 온 물건들은 대개 그곳에 정박한 배에서 버린 것들이었다.

주다 추장이 쏘리가 난틸 섬에서 가져온 물건을 분배할 것이다. 하지만 쏘리는 나무 의자만은 가족을 위해 남겨 둘 작정이었다. 백인들이 왜 그 의자를 바다에 버렸는지 그 이유를 알 수가 없었다.

한 달 뒤, 마침하게 우기가 왔다. 섬사람들은 지난 10월부터 코코넛 즙을 많이 이용했다. 여름철의 열대성 폭풍우는 대개 비를 억수같이 퍼부을 때가 많았다. 짙은 먹구름이 환초에 비를 쏟아 붓고 섬을 비의 장막으로 뒤덮었다.

하지만 첫비는 부드러웠다. 사람들은 여느 때처럼 물을 담아 둘 수 있는 것이라면 뭐든지 동원해 빗물을 받으면서 바쁘게 뛰어다녔다. 그날 밤 쏘리는 지붕을 두드리는 빗방울 소리를 들으면서 잠이 들었다. 빗소리가 흥겨운 북소리처럼 기분 좋게 들렸다.

몇 주 뒤에는 그해의 첫 태풍이 닥쳐와 귀중한 물을 보태 주었다. 거센 바람은 비와 함께 마셜 제도 북부에서는 보기 드문 천둥 번개를 동반했다. 이번에는 강풍이 집을 뒤흔들고, 비가 집 안까지 들이쳤다. 물통이 넘쳐흘렀다.

쏘리는 여름 폭풍우가 언제 닥쳐올지 알 수 있었다. 우선 바람이 점점 뜨거워지고 잔잔해진다. 그리고 산들바람이 느껴지지 않는데도 초호에 잔물결이 치기 시작한다. 태양이 안개 너머로 사라지고 하늘이 검푸르게 변하면 이제 곧 파도가 더 굵고 낮은 목소리로 노래하기 시작할 것이다.

우기는 대개 11월 초에 마지막 태풍을 끝으로 막을 내렸다. 내년 여름에 다시 우기가 올 때까지 비키니 섬에는 가벼운 여우비만 몇 번 내릴 것이다. 햇빛 사이로 어른거리는 비는 모래를 촉촉하게 적시지도 못할 정도였다. 태양은 순식간에 섬을 말려 버릴 것이다.

그해에는 서쪽에서 태풍이 한 번도 오지 않았다. 알바트로스와 투르네포르티아가 틀렸던 모양이다.

1943년,
미국 남부 뉴멕시코 주 샌타페이 근처,
제메스 산맥에서 길게 뻗어 있는 탁상지에서
원자 폭탄 제조 작업이 시작되었다.
로스앨러모스 연구소는 당장
미국에서 가장 엄중하게 경비되는 비밀 장소가 되었다.

9

 알바트로스가 출현한 지 두 달 뒤, 쏘리의 외삼촌인 아브람 마카올리에지가 배를 타고 초호로 불쑥 들어왔다. 그는 270킬로미터나 떨어진 에니웨토크 섬에서 아우트리거가 달린 5미터 길이의 카누를 혼자 몰고 왔다. 그것은 위험으로 가득 찬 항해였다. 아브람은 오래전에 섬을 떠나 소식이 없었다. 쏘리의 어머니는 동생이 죽은 줄로만 알고 있었다.

 아브람은 범포 자루에 개인 소지품을 넣어서 가져왔고, 백인들의 놀이 도구를 비롯해 가족에게 줄 여러 가지 선물도 가져왔다. 노란색 비옷에 싼 기타도 있었다.

 "아하! 내가 죽은 줄 알았나 보군! 하지만 나는 그렇게 호락호락 죽지 않아!"

 아브람은 마치 무대에 선 배우처럼 초호 연안의 젖은 모래밭에 서서 소리쳤다.

아브람은 태양처럼 환하게 웃었다. 네모난 얼굴은 태평스러웠고, 남태평양 원주민 특유의 고수머리는 성게처럼 새까맸다.

쏘리는 입을 딱 벌렸다.

아브람은 에니웨토크 항구에 정박한 미국 상선에서 '뛰어내려' 허락도 받지 않고 그 배를 떠난 뒤 카누를 '빌렸다.' 아우트리거가 달린 카누를 훔친 것만이 아니라 배를 무단이탈한 것으로도 감옥에 갈 수 있었다. 아브람은 아무 생각 없이 그런 행동을 한 것 같았다.

어머니는 여러 번 이브람에 대해 이야기했었디.

"거칠어. 무서운 걸 몰라!"

그러면 할아버지는 껄껄 웃으면서 고개를 저었다.

"미친놈이지. 한번은 롬리크 섬의 깊은 물속에서 커다란 문어와 씨름을 했지 뭐냐. 그때 아브람은 겨우 너만 한 나이였단다."

이제 그 아브람이 돌아온 것이다. 키와 몸무게는 섬사람의 평균치였지만 근육이 잘 발달해 있었다. 강렬한 눈은 살갗보다 더 짙은 갈색이었다. 그리고 이를 다 드러낸 환한 웃음은 눈부시게 빛났다. 아브람은 서른두 살이었다.

"매형은 어디 있어?"

아브람이 물었다.

어머니는 눈을 깜박거리며 마른 침을 삼켰다.

"죽었어. 4년 전에. 보초 근처에서 작살질을 하다가 실종됐어."

아브람은 어머니를 두 팔로 끌어안고 잠시 서 있었다.

"좋은 사람이었는데."

어머니도 고개를 끄덕였다.

"그런데 얘는 누구지?"

아브람이 훔쳐 타고 온 카누의 뱃머리 옆에 압도된 표정으로 서 있는 쏘리를 바라보며 물었다. 바닷물이 쏘리의 발가락을 할짝할짝 핥고 있었다.

"우리 '만제', 쏘리야."

어머니가 대답했다. 만제는 '맏이'라는 뜻이다.

아브람은 손을 뻗어 쏘리의 손을 꽉 움켜잡았다. 쏘리는 벼락이라도 맞은 듯한 느낌이 들었다.

"이봐, 쏘리. 우리는 재미나게 지내게 될 거야."

아브람이 약속했다.

물고기를 잡으러 나가지 않은 마을 사람들은 거의 다 몰려왔고, 로킬레니도 할아버지가 분 고둥 소리를 듣고 와 있었다. 섬의 아들이 무사히 살아서 돌아온 것이다.

"네가 쏘리의 동생이구나. 예쁘기도 해라."

아브람이 로킬레니에게 말했다.

가늘고 긴 다리와 검은 머리를 가진 로킬레니는 고개를 숙이고 모래를 향해 방긋 웃었다. 로킬레니는 헐렁하고 색 바랜 '마더 하버드 드레스(어깨에서 매게 되어 있는 옷자락이 길고 헐렁한 여성용 겉옷)'를 입고 있었다.

쏘리는 타라 선생님이 이 낯선 사람을 흥미롭게 관찰하고 있는 것을 보았다. 아브람의 눈길도 선생님에게 오랫동안 머물렀다.

얼마 후 아브람은 주위를 한 바퀴 둘러보았다.

"집이 몇 채 더 생겼고, 야자나무와 판다누스도 몇 그루 늘었군. 이 섬은 조금도 변하지 않았어. 그런데 저 목조 건물은 뭐지?"

아브람이 해변 북쪽을 고갯짓으로 가리켰다.

"일본 사람들이 살았던 곳이에요."

쏘리가 대답했다.

아브람은 얼굴을 찡그리며 말했다.

"놈들이 여기 있었군?"

"그렇다네."

주다 추장이 대답했다.

"그런데도 놈들을 죽이지 않았나요?"

아브람은 믿을 수 없다는 표정으로 눈살을 찌푸렸다.

"우리도 그 문제를 생각해 봤어. 의논도 했고……."

할아버지가 말했다.

"몇 명이나 있었죠?"

"일곱."

아브람은 콧방귀를 뀌었다.

"겨우 일곱? 내가 여기 없었던 게 유감이군요."

쏘리는 5분도 지나기 전에 아브람이 어떤 사람인지 알았기 때문에, 그라면 하룻밤 사이에 일본 놈들을 모조리 처치했을 거라고 생각했다. 하나씩 목을 베어 죽였을 것이다. 아브람은 겁쟁이가 아니었다.

어머니가 끼어들었다.

"네가 여기 없었던 게 다행이야, 아브람. 일본군들을 죽였다면 우리는 한 사람도 살아남지 못했을 거야."

어머니는 아브람이 마셜 제도 북부의 고대 전사들처럼 사납다고 말한 적이 있었다.

아브람은 껄껄 웃으면서 어머니를 끌어안았다.

"헝겊이 좀 필요한데."

"헝겊은 뭐하게?"

어머니가 아브람을 노려보면서 물었다.

아브람은 푸른 셔츠와 카키색 바지를 입고 갈색 구두를 신고 있었다. 백인의 옷이다.

"옛옷으로 쓰려고."

그러자 할아버지가 말했다.

"옛옷은 이제 일할 때에만 입는다네."

'옛옷'은 허리감개를 두고 하는 말이었다.

지금은 모두들 외국 옷을 귀하게 여겼다. 남자들 중에는 일본군 군복 저고리와 바지를 입고 있는 사람도 있었다. 그것은 목조 건물에 살다가 죽은 병사들이 남긴 선물이었다. 일본군이 신던 구두를 신은 사람도 더러 있었다. 여자들은 나이가 많든 적든 관계없이 모두 천막처럼 펑퍼짐한 마더 하버드 드레스를 입고 있었다. 그 옷들은 1904년에 이 섬을 처음 찾아온 선교사들이 가져온 것이었다. 그때는 아직 독일인들이 마셜 제도를 통치하고 있을 때였다. 이제 남자들은 배를 타고 낚시를 하거나 해안에서 그물이나 작살로 물고기를 잡을 때에만 허리 감개를 착용했다. 쏘리도 일할 때는 이따금 허리 감개를 둘렀다.

하지만 아브람은 허리 감개를 고집했다. 섬을 떠나 있는 동안 줄곧 외국인의 옷을 입었다는 것이다. 그리고 소리 내어 웃으면서 덧붙였다.

"내 시디구니는 밤에도 낮에도 편안해야 돼."

그런 다음 가까운 야자나무 꼭대기를 살펴보고 눈을 빛내면서 말했다.

"에니웨토크에는 코코넛이 한 개도 남아 있지 않아. 폭탄과 포탄이 코코넛을 몽땅 날려 버렸지. 나는 몇 년 동안 나무에 올라가지도, 코코넛 즙을 마셔 보지도 못했어."

아브람은 바지를 벗더니, 가장 오르기 쉬운 야자나무로 달려갔다. 그러고는 나무를 타고 올라가면서 고개를 돌려 소리쳤다.

"내 발바닥이 너무 부드러워졌어!"

아브람은 야자열매 하나를 따서 떨어뜨린 다음, 부드러운 발바닥을 조롱하면서 아래로 내려왔다.

"내가 맨 먼저 할 일은 발바닥을 다시 튼튼하게 만드는 거야."

아브람이 소리쳤다. 발바닥이 부드러우면 야자나무 껍질과 산호 때문에 어려움을 겪어야 했다.

뾰족하게 깎은 단단한 막대기가 야자나무 숲 전역에 박혀 있었다. 모래 속에 깊이 박아 넣은 이 막대기에 코코넛 껍질 부분을 끼우고 비틀어 돌리면 껍질이 쉽게 벗겨졌다. 아브람은 코코넛 껍질을 벗긴 다음, 구멍을 뚫고 쭈욱 들이마셨다. 과일즙이 아브람의 턱과 목을 타고 흘러내렸다.

그날 밤에는 아브람 마카올리에지가 무사히 돌아온 것을 축하하는 잔치가 벌어졌다. 아브람은 새 허리 감개를 두르고 있었다. 아브람이 장난스럽게 여자들 앞에 휙 내려앉아 낄낄 웃으면서 집적거리면 여자들은 키득거렸다. 타라 선생님도 즐거운 얼굴로 아브람을 지켜보았다. 아브람은 기타로 백인들의 노래를 연주했다. 아브람은 영어를 할 줄 알았다.

쏘리는 낯선 외삼촌한테서 눈을 뗄 수가 없었다. 아브람은 실제로 아일링칸에 간 적이 있었다. 지금까지 바깥세상에 있었다! 아브람의 오른쪽 옆구리에는 갈비뼈 위에서 배까지 내려오는 울퉁불퉁한 흉터가 있었다. 어쩌다가 그런 상처를 입었는지, 적당한 기회가 오면 물어볼 작정이었다.

모두들 횃불 아래서 밤새도록 먹고 노래하고 춤을 추었다. 사람들은 막대기 소리와 아브람이 손을 컵 모양으로 만들어 자신의 맨가슴과 허벅다리를 때리는 소리에 맞추어 모래밭에서 계속 발을 굴렀다. 쏘리는 외삼촌의 웃음이 횃불처럼 환하다고 생각했다. 전통에 따라 남자들은 남자끼리, 여자들은 여자끼리 짝지어 춤을 추었다.
아브람 마카올리에지가 마침내 집에 돌아온 것이다.

1945년 7월 16일 오전 5시 30분,
스페인 정복자들이 '호르나다 델 무에르토', '죽음의 여행'이라고 부른
미국 뉴멕시코 주의 트리니티 플래츠에서
본격적인 규모로는 사상 최초로
원자 폭탄 폭발 실험이 실시되었다.
목격자들은 그 폭발의 위력과 규모에 할 말을 잃었다.
수만 평에 이르는 알칼리성 모래가 녹아서 유리가 되었다.

10

아브람은 긴 항해와 축하 잔치에 지쳐서 늦잠을 잤다. 느지막이 잠에서 깨어난 아브람은 해변으로 달려가 초호로 뛰어들었다. 쏘리는 물가까지 그를 따라갔다.

뱀장어처럼 발가벗은 아브람은 발로 물을 걷어차서 수면 위로 고개를 쑥 내밀고는 반짝이는 물방울을 머리에서 털어 내고 다시 물속으로 들어갔다. 아브람은 초호에서는 여자들만 멱을 감을 수 있다는 것을 깜빡 잊어버린 모양이었다. 남자들은 바다 쪽의 보초 웅덩이에서 멱을 감아야 했다. 선교사들은 남녀가 따로 멱을 감도록 신경을 썼다. 하지만 쏘리는 외삼촌에게 그 사실을 일깨워 줄 마음이 생기지 않았다. 다른 사람이 말해 주겠지.

마침내 얕은 곳으로 나온 아브람이 물속에 선 채로 농담을 했다.

"물의 감촉은 여전하군."

15년 전의 물은 어떤 감촉이었을까? 쏘리는 자신의 무지가 드러날까 봐 외삼촌과 이야기를 나누기가 두려웠다. 쏘리는 이야기할 것이 아무것도 없었다. 외삼촌과 타라 선생님에 비하면 자기는 아무것도 모른다고 생각했다.

아브람은 마을 쪽을 고갯짓으로 가리키며 말했다.

"똑같아. 옛날과 똑같아."

여자들은 야자나무 그늘에서 음식을 준비하고, 거적을 짜고, 산호자갈이 깔린 길과 도로를 청소하는 등 일상적인 일을 하고 있었다. 남자들 몇은 초호에 나가서 흘림낚시로 황다랑어를 잡고 있었다. 쏘리도 오후에는 그들과 함께 물고기를 잡을 터였다.

다른 남자들은 그물을 수선하거나 헛간에서 카누를 손질하고 있었다. 섬사람들은 한낮과 일요일을 빼고는 빈둥거릴 때가 거의 없었다.

아브람이 또다시 고개를 끄덕이며 말했다.

"똑같아. 똑같아. 내일은 상어 사냥을 나갈 거야."

쏘리는 방금 들은 말을 믿을 수가 없었다. 집에 돌아온 지 이틀도 지나지 않았는데 벌써 호수 낚시에 흥미를 잃어버린 것이다.

"좋아요. 커다란 청상아리가 사는 곳을 알아요."

쏘리가 들뜬 표정으로 말했다.

"내가 생각하는 상어는 그보다 훨씬 커. 우선은 나 혼자 섬을 돌아다니고 싶구나. 추억이 많아."

쏘리는 고개를 끄덕였고, 아브람은 추억과 함께 떠났다.

쏘리는 외삼촌이 가장 가까운 불구덩이 옆에 멈춰 서는 것을 지켜보았다. 이지리크 씨족의 화덕이었다. 아브람은 뜨겁게 달구어진 산호석을 막대기로 쿡쿡 헤집어서 잘 구워진 타로를 끄집어냈다.

아브람은 타로를 먹으면서 깊은 상념에 잠긴 채 북쪽으로 천천히 걸어갔다. 쏘리는 외삼촌이 약간 안짱다리인 것을 알아차렸다. 다리와 엉덩이에는 근육이 붙어서 허리 감개 양쪽으로 불거져 나와 있었다. 상선에서 아주 열심히 일한 게 분명했다.

그래, 외삼촌이라면 일본군들을 쉽게 없앨 수 있었을 거야. 놈들을 쉽게 목 졸라 죽일 수 있었을 거야.

해변에서 길을 건너 비탈을 50미터쯤 올라간 곳에 있는 집에 돌아오자 쏘리가 말했다.

"우리는 내일 아침 상어를 잡으러 갈 거예요."

"우리? 우리가 누군데?"

어머니가 물었다.

어머니는 노랑발도요의 날개뼈로 만든 바늘로 거적을 짜고 있었다. 바늘은 모두 새의 뼈로 만들었다. 판다누스 나무의 어린잎을 화덕 옆에서 말린 다음 바늘로 거적을 짠다. 쏘리는 어머니가 거적 짜는 것을 골백번도 넘게 보았다. 어머니는 대개 누군가의 집에서 여자들과 모여 앉아서 거적을 짰다. 때로는 찬송가를 부르기도 했다. 지금은 타라 선생님과 거의 말을 하지 않는 할머니가 함께 거적을 짜고 있었다.

"삼촌하고 저요."

"삼촌 혼자 가게 내버려 둬."

어머니가 충고했다.

할머니도 고개를 끄덕였다.

타라 선생님은 쏘리의 어머니를 유심히 바라보았다.

쏘리는 놀라서 항의했다.

"싫어요."

"왜 그렇게 빨리 상어를 잡으러 가려고 하는지, 삼촌이 말해 주더냐?"

쏘리는 고개를 저었다.

어머니는 거적 짜던 손을 멈추었다.

"15년 전에 삼촌은 로지코라 보초 부근에서 낚시를 하다가 뱀상어 한 마리를 작살로 잡았어. 그런데 어찌 된 셈인지 작살줄이 발목에 감겨서 삼촌은 배 밖으로 질질 끌려갔단다. 상어는 삼촌을 바닥으로 끌고 내려갔어. 삼촌이 칼을 잃어버렸다면 오늘 여기 있지도 못했을 거다. 삼촌이 밧줄을 끊자 상어는 아가리를 벌리고 삼촌에게 달려들었지. 삼촌 옆구리에 있는 흉터는 그때 상어한테 물린 자국이란다. 삼촌은 하마터면 죽을 뻔했어. 그리고 언젠가는 그 상어를 반드시 잡고야 말겠다고 말했어."

"그래서 지금까지 줄곧 기다리고 있었군요?"

"그랬겠지. 그게 아브람 삼촌이야."

"그럼 삼촌은 그 뱀상어가 아직도 거기에 있다고 생각하나요?"

어쩌면 운명이 외삼촌을 집으로 데려온 게 아닐까? 외삼촌이 아버지의 원수를 갚을 수 있을까?

어머니가 어깨를 으쓱하며 소리 내어 웃었다.

"그럴지도 모르겠다. 삼촌은 반드시 그 상어를 찾아낼 거야."

"저도 삼촌과 함께 가겠어요."

어머니는 고개를 끄덕였다.

"그래라. 에니웨토크에서 여기까지 혼자 배를 몰고 온 사람과 함께라면 안전할 기야."

타라 선생님도 고개를 끄덕이며 방긋 웃었다.

"아마 그럴 거예요."

쏘리는 수천 번이나 낚시를 하러 갔다. 손낚시, 흘림낚시, 작살, 그물. 아장아장 걸음마를 시작할 때부터 낚시를 했다. 하지만 지금까지 뱀상어를 낚으러 가는 사람은 없었다. 뱀상어들은 카누까지 공격했다. 하지만 외삼촌은 조금도 두려워하지 않았다.

이번 주에 타라 선생님은 쏘리네 식구와 함께 지내고 있었다.

"어젯밤에 선생님이 외삼촌을 바라보시는 걸 보았어요."

쏘리가 말했다.

"다른 사람들도 모두 네 삼촌을 보았을걸."

선생님이 대답했다.

"하지만 선생님은 특별한 눈빛으로 바라보셨어요."
선생님은 그냥 웃으면서 고개를 저었다.
"정말로 그러셨어요!"
"네 삼촌은 잘생겼고 미소가 아름다워."
타라 선생님의 미소는 말 못지않게 많은 것을 말해 주었다.

1945년 7월,
미 해군 순양함 인디애나폴리스호는
'리틀 보이'라고 이름을 붙인 원자 폭탄의 부품을 싣고
샌프란시스코를 출항했다.
순양함은 장거리 폭격기 기지가 있는 마리아나 제도의
티니안 섬에 극비 화물을 배달했다.

11

쏘리와 아브람은 에니웨토크에서 가져온 카누를 헛간에서 끌어내 물가까지 미끄러져 내려가게 한 다음, 보칸투아크와 에오말란을 지나 남쪽으로 떠났다. 로지코라를 돌아 초호 밖으로 나간 뒤에는 보초를 따라 나아가면서 어두운 심해로 가파르게 떨어지는 수중 절벽 위에서 뱀상어를 찾았다.

해가 뜨고 몇 분이 지나자 가벼운 바람이 꾸준히 불었다. 커다란 삼각돛에 바람을 받은 카누는 바다에 길을 뚫고 달렸다. 배가 수면을 미끄러지듯 나아가는 동안, 아브람은 작살 촉을 숫돌로 뾰족하게 갈았다. 쇠와 숫돌이 마주치는 유쾌한 소리가 파도의 노랫소리와 돛에서 나는 바람 소리에 보태졌다.

"어머니가 그 뱀상어 이야기를 해 주셨어요."

숫돌에 갈린 작살 촉이 어른어른 빛났다. 그 작살은 쏘리의 아버지가 즐겨 쓰던 작살이었다.

아브람이 작살 촉에서 눈을 들었다.

"지금쯤은 벌써 녀석을 저 세상으로 보내 하늘나라에서 사냥을 즐기게 했을지도 몰라. 하지만 그렇지는 않을 거야. 적어도 그 녀석은 아니야. 뱀상어들은 더 찬물에 사는 거대한 백상아리만큼 흉악해. 둘 다 살인마야."

쏘리는 고개를 끄덕였다. 할아버지는 로쿼르 섬 앞바다에서 뱀상어가 사람을 물어 토막 내는 것을 보았다고 했다.

"녀석이 삼촌을 물었을 때는 몸이 얼마나 컸어요?"

"아마 2미터쯤 되었을 거다. 어린 놈이었어."

아브람은 생각에 잠긴 얼굴로 말했다. 그러고는 짧게 웃으며 덧붙였다.

"녀석은 내가 몸뚱이 크기를 재게 해 주지 않았어."

"살아 있다면 지금쯤은 얼마나 컸을까요?"

"3, 4미터쯤 되었겠지. 어쩌면 더 클지도 모르고."

쏘리는 몸길이가 2미터쯤 되는 뱀상어를 본 적이 있었다. 어린 녀석들은 몸뚱이에 검은 줄무늬가 있지만, 자라면서 점점 흐려져 회색 얼룩무늬가 된다. 배는 새하얗다. 코는 청상아리만큼 날카롭지 않고, 입은 뭉툭한 대가리 한쪽에서 반대쪽까지 길게 뻗어 있다. 이빨은 대못처럼 뾰족하다. 물속에서 헤엄을 치거나 카누에 타고 있는 사람들은 녀석들을 보기만 해도 공포에 사로잡혀 칼로 찌르는 듯 강렬한 아품을 느낀다.

"뱀상어들은 집 근처에 머물러 있나요?"

"그럴 거야. 그건 왜?"

"저는 뱀상어가 아버지를 죽였다고 생각해요. 아버지는 보초 부근에서 흔적도 없이 사라졌거든요."

"그래. 그건 확실히 뱀상어의 특징이야."

쏘리는 잠시 생각에 잠겼다가 입을 열었다.

"삼촌이 그때 잡았던 녀석을 다시 작살로 찌르면……?"

아브람이 껄껄 웃었다.

"이번에는 절대로 밧줄이 발목에 감기게 하지 않을 거야. 같은 실수를 되풀이하지는 않겠어. 그런데 녀석을 발견하면 너는 발을 위로 올리고 고물에 남아 있어야 한다. 알았지?"

밧줄은 뱃머리에 감겨 있었다. 일본군 막사에서 가져온 새 밧줄은 튼튼했다.

"놈을 찾았으면 좋겠어요."

아브람은 고개를 끄덕이며 작살 촉이 얼마나 날카로운지 보려고 엄지손가락으로 쓸었다. 피가 면도날처럼 얇은 선을 그리며 올라왔다. 준비는 끝났다.

"삼촌, 전쟁에서 사람을 죽여 본 적 있으세요?"

"내가? 아니. 나는 전함이 아니라 상선만 탔어. 상선에도 잠수함 공격에 대비해서 대포가 갖추어져 있었지만, 그건 포병들이 담당했지."

"잠수함이 상선을 쏘았나요?"

"그럼. 내가 탔던 배도 두 척이나 공격을 받는 걸."

"배에 맞았나요?"

"한 척은 어뢰에 맞았지."

"사람들도 죽었나요?"

"그래. 승무원 대부분이 죽었지. 스물두 명이나 죽었으니까. 나는 운이 좋았어."

아브람은 대화를 끝내려는 듯하다가 다시 밀을 이있다.

"전쟁은 끔찍한 거야. 내가 에니웨토크에서 배를 떠난 건 더 이상 전쟁에 말려들고 싶지 않았기 때문이기도 해. 전쟁에는 신물이 났어. 물론 내가 한 짓은 잘못이지만, 어쨌든 그건 지난 일이야. 내가 세상에서 살날이 얼마나 남았나 생각해 보고, 그 배를 떠나기로 결심했지."

외삼촌의 표정은 우울했다.

카누가 물을 헤치고 나아가는 소리, 돛이 한숨 쉬듯 살랑거리는 소리, 활대가 가볍게 삐걱거리는 소리만이 정적을 깨뜨릴 뿐 잠시 침묵이 이어졌다. 쏘리는 오랫동안 마음에 담아 두었던 질문을 던졌다.

"다른 세상은 어때요?"

아브람은 반짝거리는 바다 건너를 한참 바라보다가 입을 열었다.

"좋기도 하고 나쁘기도 해. 나는 대도시를 보았지만 마음에 들지 않았어. 사람들이 너무 많아. 사람들은 서로 난폭하게 떼밀면서 뛰어다니지. 도시는 너무 시끄러워. 너무 더럽고, 자동차와 공장 냄새가 코를 찌르지. 너도 마음에 들지 않을 거야."

"공장이 뭐예요?"

"굴뚝이 솟아 있는 커다란 건물이야. 그곳에서 사람들이 물건을 만들지."

쏘리도 일본 잡지에서 공장 사진을 보았다.

"하지만 저도 언젠가는 그곳에 가야 돼요. 다른 세계로 나가야 돼요."

"그래, 그래야겠지. 하지만 너도 나처럼 다시 이곳으로 돌아오게 될 거야. 이제 나는 죽을 때까지 이 섬에서 살 거야. 여기서 죽고, 여기에 묻힐 거야. 나는 카리브 해와 인도양이라고 불리는 바다에 있는 섬들도 보았지만, 우리 섬만큼 아름다운 섬은 하나도 없었어."

"정말요?"

"정말이고말고. 나는 다른 세상에서 보고 싶은 건 다 보았어. 사람들은 너무 탐욕스러워. 어리석은 짓을 하면서 아주 열심히 일하지. 사람들은 서로 해치고, 남과 나누어 갖지 않아. 자기 빗은 자기 빗이야. 자기 빗을 다른 사람과 함께 쓴다는 건 생각조차 하지 않아. 자기 모자는 자기 모자야. 자기 모자를 다른 사람과 같이 쓴다는 건 생각조차 하지 않아."

쏘리는 삼촌이 하는 말을 이해하기가 어려웠다. 만일 자기가 발견한 아름다운 조가비를 로킬레니가 보고 감탄한다면 쏘리는 당장 그 조가비를 줄 것이다.

"미군은 다른 사람과 나누어 가져요."

쏘리가 말했다. 그동안 미군은 옷과 음식과 사탕을 비행정과 배에 싣고 여남은 번 이곳에 찾아왔다. 그리고 판다누스 나뭇잎으로 짠 깔개와 바구니와 조가비 목걸이를 담배와 교환했다. 그들은 치과 의사를 보내 이를 빼 주었고, 안과 의사도 보내 주었다. 마셜 어로 쓰인 책과 의약품도 가져왔다.

아브람이 말했다.

"그건 그들의 의무야. 그들은 이제 환초 전체를 지배하고 있고, 영원히 환초를 돌려주지 않을지도 몰라. 그들의 깃발이 영원히 우리 비키니 섬 위에 나부낄 수도 있어."

"삼촌은 그들을 싫어하는군요?"

아브람 외삼촌이 어깨를 으쓱했다.

"우리는 조심해야 돼. 독일인과 일본인은 우리한테 어떤 것도 베풀지 않았어. 미국인은 우리한테 사탕과 담배를 주긴 하지만 땅을 빼앗을 수도 있어. 주다 추장은 미국인들에게 돈으로 우리를 살 수는 없다고 말해야 돼."

쏘리는 외삼촌처럼 확신을 가지고 말하는 사람을 본 적이 없었다. 하지만 아브람은 오랫동안 아일링칸에 살면서 독학을 했고 할아버지처럼 현명했다. 아브람은 물정을 알고 있었다. 외삼촌과 타라 선생님과 할아버지가 섬에 있는 것은 행운이었다.

　수심이 깊은 로지코라 보초에 이르자 아브람은 작살을 들고 뱃머리에 자리를 잡았다. 쏘리는 노를 오른쪽 겨드랑이에 끼운 채 키를 잡고, 끈에 줄줄이 꿴 코코넛 껍데기를 뱃전 너머로 던져 흘수선 바로 위까지 늘어뜨렸다. 맨 밑에 있는 코코넛 껍데기는 해수면에 닿았고, 나머지 껍데기들은 카누 옆면에 부딪혀 대그락거리는 소리를 냈다. 그 소리는 수면으로 올라와 보라고 상어를 유혹했다. 쏘리는 외삼촌을 위해 키를 잡고 코코넛 껍데기를 흔들고 있는 것이 무척이나 자랑스러웠다.
　배는 갈지자를 그리며 앞뒤로 움직였다. 초호 밖의 바다는 초호 안만큼 잔잔했다. 반짝이는 긴 파도가 매끄럽게 배 아래를 지나갔다. 코코넛 껍데기들이 달그락거리는 소리, 돛이 가볍게 펄럭이는 소리, 파도가 북을 두드리듯 보초에 부딪히는 소리들이 유쾌하게 들렸다.
　아브람은 청록빛 수면을 뚫어지게 내려다보았다.
　쏘리는 외삼촌을 바라보면서, 겨우 이틀 만에 자신의 삶이 얼마나 달라졌는지를 생각했다. 외삼촌은 영어를 쓰고 말하는 법, 백인의 놀이 기구로 노는 법, 기타 치는 법을 가르쳐 주마고 약속했다. 어제까지만 해도 쏘리는 외삼촌에 대한 이야기를 모두 믿지는 않았다. 그러나 이제는 그 이야기를 다 믿었다.
　아브람이 갑자기 속삭였다.

"이리 와……."

쏘리는 뱃전 너머를 힐끗 바라보았다. 넓은 리본 같은 햇빛 속에서 부유 물질과 작은 물고기들 사이를 뚫고 미끄러지듯 다가오는 상어의 형체가 어렴풋이 보였다.

"뱀상어지만 작아. 계속 달그락거려."

아브람이 말했다.

물고기들은 냄새만 맡는 것이 아니라 소리를 들을 수도 있다. 물고기는 귀를 기울이고 호기심에 사로잡힐 때도 많다. 그래서 큰 물고기를 잡을 때는 미끼보다 소리를 이용하는 편이 좋을 수도 있다.

"또 한 녀석이 다가오는데, 역시 작아."

아브람이 말하고는 물속을 들여다보려고 다시 뱃전 너머로 상체를 기울였다. 상어가 더 높이 올라왔다. 몸길이가 2미터 남짓밖에 안 되는 어린 놈이었다. 녀석은 달그락거리는 코코넛 껍데기를 향해 다가오다가 방향을 틀어 다시 깊은 물속으로 내려갔다.

"할아비 상어가 저 밑에 있어. 나는 놈을 느낄 수 있어. 좀 더 세게 흔들어."

아브람이 낮게 말했다.

쏘리는 줄을 다시 움켜잡고 코코넛 껍데기를 힘껏 흔들었다.

영원처럼 길게 느껴지는 시간이 흐른 뒤, 아브람이 조용히 말했다.

"온다!"

쏘리는 뱃전 너머로 몸을 내밀고 숨을 죽였다. 카누 밑에 있는 것은 몸길이가 적어도 4미터는 넘어 보이는 뱀상어였다. 카누와 거의 맞먹는 길이다. 회색 얼룩무늬가 있는 늙은 상어였다.

아브람은 이제 뱃전에 무릎을 대어 다리를 힘껏 버티고 몸을 약간 앞으로 굽힌 자세로 섰다. 그러고는 작살을 겨누고 언제든지 내리꽂을 준비를 했다.

"그놈이야. 내 작살 촉이 아직도 녀석의 등짝에 박혀 있어."

뱀상어는 카누와 나란히 헤엄을 치면서 그들을 눈여겨보고 있는 듯했다. 맑은 수면 바로 밑에서 일정한 속도를 유지하며 천천히 움직이고 있는 녀석의 몸길이는 4.5미터 정도였다. 몸이 너무 굵어서, 아브람도 녀석을 두 팔로 감싸 안지 못할 것 같았다.

아브람은 오랫동안 작살로 뱀상어의 거대한 등을 겨누었다. 쏘리는 강철 작살 촉이 녀석의 등에 꽂히기를 기다렸다. 괴물이 피를 흘리면서 카누를 갈매기 깃털처럼 끌고 달아나기 시작하면, 돌돌 감겨 있던 작살줄이 휙 날아갈 것이다. 뱀상어는 카누를 몇 킬로미터나 끌고 갈 수도 있다.

기다리는 동안 쏘리의 심장이 쿵쿵 뛰었다. 쏘리는 속으로 말했다.

'지금이에요, 삼촌, 지금……'

뱀상어가 달아나는 대신 배를 공격하기로 갑자기 마음을 바꾸면, 둘 다 보초에서 멀리 떨어진 곳에서 죽을지도 모른다. 상어 꼬리가 그들을 박살 낼 수도 있고, 상어 이빨이 그들을 토막 낼 수도 있다.

쏘리는 외삼촌이 뱀상어의 덩치를 보고 그만 겁을 먹은 게 아닐까 생각하면서 기다렸다.

아브람은 작살을 겨눈 채 기다리고 또 기다렸다. 팔과 등의 근육이 팽팽하게 긴장해 있었다.

마침내 아브람은 쏘리를 흘끗 돌아보더니 작살을 내리고 주저앉았다. 얼굴에는 야릇한 표정이 떠올라 있었다. 아브람은 작살을 카누 바닥에 내려놓았다. 사냥은 끝났다.

쏘리는 뱃전 너머를 내려다보았다. 4.5미터 길이의 뱀상어는 사라져 버렸다. 삼촌이 작살 촉을 상어한테 박아 넣을 시간은 충분했다. 그런데 왜 그러지 않았을까?

잠시 후 아브람이 말했다.

"도저히 그럴 수가 없었어. 녀석은 아직도 여기 있었어. 몇 살 더 나이를 먹었지만 아직 살아 있어. 녀석의 등에 튀어나와 있는 작살 촉을 보았니? 녀석은 지금까지 줄곧 그 작살 촉을 명예롭게 지니고 다녔어. 녀석은 나한테 흉터를 남겼고 나는 녀석한테 흉터를 남겼으니까 서로 비긴 거야."

쏘리는 이해할 수가 없었다. 녀석을 잡으려고 비키니 섬에서 남쪽으로 10킬로미터나 떨어진 로지코라까지 배를 몰고 왔다. 그리고 나무도 자를 수 있을 만큼 날카롭게 작살 촉을 갈았다. 외삼촌은 상어의 커다란 등에서 1, 2미터밖에 떨어지지 않은 곳에 서 있었다. 그런데 왜 갑자기 겁쟁이가 되었을까?

아브람이 쏘리의 표정을 읽고 빙긋 웃었다.

"언젠가는 너도 이해하게 될 거야."

집으로 돌아가는 동안 두 사람은 더 이상 거기에 대해서 말하지 않았다. 사실은 다른 이야기도 거의 하지 않았다. 딱 한 번 아브람이 타라 선생님에 대해 물었을 뿐이다.
"타라 마롤로 선생은 어떤 분이냐?"
쏘리는 선생님에 대해 알고 있는 것을 모두 말해 주었다.
"아주 좋은 분인 것 같구나."
쏘리도 동의했다.
아브람은 집으로 가는 내내 뱃머리에 앉아 무릎에 머리를 얹고 쉬기도 하고 잠을 자기도 했다.

집에 도착하니 어머니가 밖에서 식탁용 깔개를 과일즙으로 물들이고 있었다. 쏘리는 바다에서 있었던 일을 이야기했다.
어머니는 초호 건너편을 바라보았다. 늦은 오후에 집으로 돌아오는 배들이 수면에 점점이 떠 있었다. 어머니는 무언가 결심한 듯 보였다. 마침내 어머니가 말했다.
"나랑 같이 산책하러 가자."
그러고는 일어섰다.
'나랑 같이 산책하러 가자.'는 말은 이 섬에서 자주 오가는 말이었다. 그것은 비밀 이야기를 하자는 뜻이었다. 걸으면서 이야기하는 것은 남의 귀에 들어가지 않게 은밀한 대화를 나누는 방법, 특별하고 중요한 일을 이야기하는 방법이었다.

이지리크네 집을 지나서 다른 사람이 들을 수 있는 범위를 벗어나자 어머니가 입을 열었다.

"네 삼촌이 죽으려고 돌아온 것만 같은 묘한 느낌이 드는구나."

그것은 마셜 제도의 전통이었다. 태어난 섬에서 죽어라.

로지코라 앞바다에서 삼촌은 여기서 죽겠다고 말했다. 곧 죽는다는 뜻이었을까?

쏘리는 갑자기 머리가 멍해졌다. 그렇게 건강해 보이는데.

"삼촌이 맨 처음 한 일은 그 뱀상어를 추적해서 옛날에 중단한 싸움을 결판내는 거였어."

쏘리는 고개를 끄덕였다.

"삼촌은 커다란 약병을 가져왔단다. 거기에 쓰인 글자는 읽을 수 없지만, 런던에서 온 약이라는 건 알아. 삼촌의 바지 주머니에는 더 작은 약병들도 들어 있어."

외삼촌이 아프다고? 그래서 죽으려고 집에 왔다고? 믿기 어려운 일이었다.

"삼촌한테 물어보셨어요?"

어머니는 눈살을 찌푸리며 고개를 저었다.

"그런 질문은 절대로 해서는 안 돼. 너무 개인적인 질문이니까."

조금 있다가 어머니는 이렇게 덧붙였다.

"아무한테도 말하지 마라. 아무 말도 하면 안 돼. 내 짐작이 틀렸을지도 모르니까……."

쏘리는 고개를 끄덕였다. 그리고 입은 조용히 다물고 있겠지만 걱정은 그만둘 수 없을 거라고 생각했다.

1945년 8월 6일,
미국 공군 B-29 폭격기 에놀라 게이호가
일본 히로시마에 원자 폭탄 '리틀 보이'를 투하했다.
폭발한 곳에서 반경 4킬로미터 이내에 있는 건물은 모조리 파괴되었다.
사망자는 나중에 죽은 사람을 포함해 200,000명이 넘는 것으로 추산되었다.

12

 아브람이 집에 돌아온 지 일 년이 되었다. 그동안 아브람은 저녁마다 콰잘린 섬에서 미군 무선 통신망을 통해 방송되는 뉴스에 열심히 귀를 기울이면서 메모를 했다. 아브람은 먼저 일본군 막사 건물에 있던 강력한 무선기를 수리했다. 그리고 작은 휘발유 엔진으로 발전기에 동력을 공급해 대형 배터리를 충전시켰다. 라디오 방송은 영어로 나왔다.
 아브람은 상선에서 라디오를 들으면서 영어를 말하고 쓰는 법을 배웠다고 했다. 그냥 라디오를 듣기만 하는 것도 좋은 학습법이었다. 아브람은 비번 때마다 무선실에 가서 라디오를 들었다. 낱말의 철자와 뜻은 무선 기사들이 가르쳐 주었다. 쏘리는 자기도 그렇게 해 보기로 결심했다. 라디오를 듣고 이해할 수 없는 낱말이 나오면 외삼촌에게 뜻을 물어보자.

아브람은 날마다 해질녘이 되면 마을 회관으로 갔고, 거의 모든 마을 사람이 둥글게 모여 앉아 아브람이 설명하는 뉴스에 귀를 기울였다. 이것은 놀랄 만한 사건이었다. 어머니들과 젖먹이 아기들, 할아버지와 할머니들까지 모두 뉴스를 들으러 왔다. 이제는 아일링칸의 소식을 듣기 위해 에니웨토크나 롱겔라프 섬에서 오는 배들을 기다릴 필요가 없었다. 바깥세상은 이제 그들이 쉽게 접근할 수 있는 곳이 되었다.

아브람이 라디오를 고치던 날, 마을 사람들은 모두 신기한 라디오를 보고 들을 수 있다는 기대에 부풀어 목조 건물로 몰려 왔다. 목조 건물이 빽빽이 들어차서 건물 밖에 서서 라디오를 들어야 할 정도였다. 하지만 그들은 곧 한 마디도 알아들을 수 없다는 것을 깨달았다. 그래서 주다 추장은 주민들에게 마을 회관으로 가서 기다리자고 했다. 아브람이 먼저 뉴스를 듣고 나서 마을 회관에 모인 섬 주민들에게 마셜 어로 설명해 주는 것이 낫겠다고 판단한 것이다. 사람들은 방송을 듣고 나서 몇 시간씩 의견을 나누었다.

쏘리는 대개 외삼촌과 함께 일본군 막사로 갔다.

그 8월의 어느 날 저녁, 아브람은 검은 상자에 달린 놋쇠 다이얼을 돌려 라디오를 켜고 몇 초 동안 예열을 했다. 그런데 다음 순간 아브람이 몸을 앞으로 홱 수그렸다. 아브람의 두 눈이 휘둥그레지면서 이마에 세로 주름이 잡혔다. 억센 두 손은 손가락 관절이 하얘질 만큼 무선기 탁자를 꽉 움켜잡았다.

"왜 그래요, 삼촌?"

쏘리가 물었다.

아브람은 한 손을 들어 조용히 하라는 신호를 보내고, 뉴스를 부정하듯 고개를 천천히 저었다. 그러고는 라디오에 귀를 기울이며 무언가를 받아 적었다.

"무슨 일이에요?"

쏘리가 다시 물었다.

아브람은 성난 듯이 손을 흔들어 조용히 하라고 일렀다.

몇 분 뒤 아브람이 빙그르르 몸을 돌렸다. 표정이 심각했다. 그는 거의 믿을 수 없다는 듯 천천히 말했다.

"미국이 무시무시한 폭탄을 새로 발명했어. 그걸 오늘 아침에 일본의 히로시마라는 도시에 떨어뜨렸어. 일본인 수천 명이 죽고 도시 전체가 쑥대밭이 됐대. 폭탄 한 개로. 겨우 폭탄 한 개로……."

쏘리는 지난 3년 동안 줄곧 전쟁 이야기를 들었기 때문에 폭탄에 대해 조금은 알고 있었다.

"무슨 폭탄인데요?"

"원자 폭탄……."

원자……?

"그게 뭐죠?"

외삼촌은 고개를 저었다. 그리고 어리둥절한 얼굴로 한참 동안 메모를 들여다본 뒤에야 말을 이었다.

"원자 폭탄은 화약을 사용하지 않아. ……핵분열을 이용해……. 그게 뭔지는 모르지만…… 열은 300,000도가 넘었고…… 폭탄에서 나온 연기가 15,000미터 상공까지 치솟았대. ……사람들은 순식간에 재가 되었고…… 즉사하지 않은 사람들은 눈이 멀었대. ……아무래도 세상을 파멸시킬 폭탄인 것 같아……."

"폭탄 하나가 그랬단 말예요? 폭탄 하나가 수천 명을 죽였다고요?"

"아나운서도 그 폭탄이 어떻게 작동하는지 이해하지 못한대. 그건 극비라고 말했어. 그걸 아는 사람은 몇 명뿐이래."

외삼촌은 무슨 일이 벌어진 건지 곰곰 생각해 보려는 듯 잠시 말을 끊었다.

"미국 대통령은 일본을 항복시키려고 그 폭탄을 떨어뜨렸을 뿐이라고 말했어……."

"그래서 일본은 항복했나요?"

"그건 나도 몰라."

아브람은 아무 말도 하지 않고 멍하니 앉아 있었다.

얼마 후 해가 지자마자 비키니 환초 주민들은 마을 회관의 깔개 위에 앉아서 원자 폭탄 이야기를 들었다.

초호는 잔잔했고, 수평선 아래에서 반사된 황금빛이 호수를 비추고 있었다. 서쪽에 높이 솟은 구름 밑바닥이 황금빛으로 물들어 있었다. 공기는 바람 한 점 없이 정지해 있었다. 작은 섬은 완전하고 축복 받은 평화를 누리고 있었다. 쏘리는 히로시마 상공에서 일어난 일을 도무지 이해할 수가 없었다. 아브람을 비롯한 다른 사람들도 이해하지 못했다.

저녁 식사를 할 때 쏘리가 타라 선생님에게 물었다.

"미국인들은 그렇게 많은 사람이 죽은 것을 기뻐할까요?"

쏘리의 얼굴과 눈에는 당혹감이 어려 있었다. 그렇게 많은 사람이 아무 예고도 없이 순식간에 목숨을 잃다니! 쏘리는 그런 일을 이해할 수도, 상상할 수도 없었다.

선생님은 그 질문에 눈살을 찌푸렸다. 그러고는 천천히 대답했다.

"너한테 일본인 손에 목숨을 잃은 자식이나 형제가 있다면, 슬퍼하지 않을지도 몰라."

아브람 삼촌이 말을 받았다.

"전쟁은 아주 개인적인 일이야. 미국 사람들이 에니웨토크와 콰잘린, 잘루이트, 로이, 나무르 섬을 공격했을 때, 우리 마셜 제도 사람들도 죽었어. 그들은 군인이 아니었지만 그래도 죽었어."

"마주로에서도 죽었어요."

타라 선생님이 덧붙였다. 선생님은 그곳에서 대학에 다녔다.

쏘리는 전쟁이 개인적인 일이라고는 한 번도 생각해 본 적이 없었다. 쏘리는 군인들이 서로 알지도 못하는 상대방을 죽인다는 것을 알고 있었다. 그러나 그 사실 말고는 별로 생각해 본 적이 없었다. 군인들의 가족에 대해서도 생각해 본 적이 없었다.

"히로시마에 있던 사람들은 대부분 군인이 아니었겠죠?"

쏘리가 물었다.

"그럴 거야."

타라 선생님이 대답했다.

"그들도 우리와 똑같은 사람들이겠지."

어머니가 말했다.

'우리와 똑같다. 그들도 우리처럼 죄 없이 앉아 있었겠지. 할아버지, 할머니, 로킬레니, 외삼촌, 타라 선생님, 그리고 어머니와 나처럼. 그런데 갑자기 모두 죽어 버렸어. 산 채로 불타거나 산산조각이 나 버린 거야.'

쏘리는 생각했다.

"커다란 조개 껍데기를 도끼 대용으로 쓰던 옛날이 훨씬 나았어. 그때는 싸울 때도 서로 맞붙어서 육박전을 벌였지. 폭탄 같은 건 아예 없었어."

할아버지가 말했다.

"맞아요. 그 시절이 더 좋았어요. 아니, 제일 좋았어요……."

외삼촌이 말했다.

히로시마에서 죽은 사람들에 대해서는 아무도 더 이상 말하고 싶어 하지 않았다. 침묵이 취사장 주변을 내리덮었다.

식사가 끝난 뒤, 쏘리는 골짜기를 건너 어스름이 깔린 보초를 따라 산책했다. 그곳을 걸으면 아버지가 근처에 와 있는 듯한 느낌이 들었다. 쏘리는 아버지에게 묻고 싶은 것이 있으면 으르렁거리는 바다와 바람을 향해 큰 소리로 질문을 던지곤 했다. 오늘 밤 쏘리가 던진 질문 가운데 아버지가 대답할 수 있는 것은 하나도 없었다.

그날 밤 꿈에서 쏘리는 하늘에서 폭탄이 터지는 것을 보았다. 외삼촌이 묘사한 불덩어리였다. 쏘리는 비명을 지르며 잠에서 깨어났다.

사흘 뒤, 아브람은 마을 사람들을 불러 모아 또다시 무서운 폭탄이 떨어졌다고 말했다. 이번에는 일본 나가사키였다. 사망자는 십사만 명으로 추정된다고 했다.

그렇게 많은 사람들을, 그것도 아무 죄도 없는 사람들을 왜 또다시 죽일 필요가 있었는지, 쏘리는 도무지 이해할 수가 없었다.

8월 14일, 아브람은 일본이 항복했다는 뉴스를 전했다. 쏘리는 다른 사람들과 함께 환호성을 질렀다. 세계 대전은 그렇게 끝났다.

2부
교차로 작전

제2차 세계 대전 직후인 1945년 10월,
전후 원자 폭탄 실험 계획인 '교차로 작전'이 은밀하게 시작되었다.
미국 해군 작전 사령부의 특수 무기국 장교들은
공중에서 폭탄을 떨어뜨려 수중에서 폭발시킬 곳을 찾기 시작했다.
1945년 크리스마스 며칠 전, 미국 해군은 비키니 환초를
세계 역사상 네 번째와 다섯 번째 원자 폭탄을 터뜨릴 과녁으로 선정했다.
비키니섬 주민들은 자신들이 하룻밤 사이에 유명해질 거라는 사실을
까맣게 모르고 있었다.

1

1946년 2월 초, 뱃머리가 이상하게 생긴 커다란 미국 배가 초호 안으로 들어와 닻을 내렸다. 쏘리의 눈에는 그 뱃머리가 마치 바다제비의 부리처럼 보였다.

아브람은 아직 자고 있었다. 요즘 들어 아브람은 왠지 활기가 없어 보였다. 삼촌이 정말로 병에 걸렸다면 이제야 그 증세가 나타나기 시작한 모양이라고 쏘리는 생각했다.

미국 배는 보트를 내렸지만 섬에는 아무도 상륙하지 않았다. 보트들은 여러 방향으로 사라졌다. 미국 해군의 색깔인 회색으로 칠해진 배는 수평선에 멀찌감치 정박해 있었다. 섬 주민들의 호기심은 시시각각 커졌다. 해군 장교들은 대개 초호에 닻을 내린 다음 주다 추장에게 경의를 표하기 위해 서둘러 상륙하는 것이 보통이었다.

쏘리와 로킬레니도 다른 주민들과 함께 거의 한 시간 동안 미국 배를 지켜보았다. 그리고 나서 쏘리는 외삼촌을 깨우러 갔다.

"군함이 초호 안에 들어왔어요. 그런데 아직까지 섬에 보트를 보내지 않았어요."

"오늘은 좀 늑장을 부리는 거겠지."

아브람이 피곤한 듯이 말했다.

아브람은 영어를 할 줄 알기 때문에 미군을 상대로 통역하는 역할을 맡고 있었다. 문제가 생겨 의사소통을 할 필요가 있을 때마다 아브람이 대변자로 나섰다.

쏘리는 외삼촌이 푸른 데님 작업복과 셔츠를 입을 때까지 기다렸다가 함께 카누를 타고 사정을 알아보러 갔다.

미국 해군의 섬너호는 이물에서 고물까지 대포가 늘어서 있고, 굴뚝 하나와 수직 기둥 두 개가 서 있었다. 외삼촌은 지금까지 저렇게 낡은 군함은 본 적이 없다고 말했다. 대포가 있는데도 전함처럼 보이지는 않았다.

두 사람은 군함의 현문(뱃전에 나 있는 문) 옆으로 다가가 수면에 떠 있는 잔교에 카누를 묶었다. 아브람이 훌륭한 영어로 방문 목적을 묻자, 그곳에 배치된 장교는 깜짝 놀란 듯했다.

해군 소위가 대답했다.

"우리는 초호의 수심을 잰 다음 커다란 산호초를 몇 개 폭파할 예정입니다."

"왜요?"

아브람이 물었다.

쏘리는 둘 사이에 오가는 말을 모두 알아들을 수 있다면 얼마나 좋을까 하고 생각했다. 지난 2년 동안 쏘리의 영어 실력은 많이 늘었지만, 두 사람의 말이 너무 빨라서 대화를 따라잡을 수 없었다.

해군 소위가 대답했다.

"그건 나도 모릅니다. 하지만 내 생각엔 일본군 해도를 수정하려는 게 아닐까 합니다. 수심과 암초 따위를 해도에 표시하는 거죠."

"그럴 필요가 있나요?"

"있겠지요."

아브람은 장교에게 고맙다고 말했다. 잠시 후 쏘리와 아브람은 해변으로 돌아왔다.

주다 추장이 그들을 기다리고 있었다. 마을 사람들도 큰 무리를 지어 추장 옆에 서 있었다.

"뭔가를 계획하고 있는 것 같습니다."

아브람이 말했다. 그러고는 미군 장교한테 들은 내용을 설명했다.

"추장님, 내가 추장님이라면 미군이 여기 온 이유를 정확하게 알아내려고 애쓸 겁니다. 여기는 아직 우리 섬이에요."

사람들은 다시 회색 배를 바라보았다. 다들 그 배의 존재와 수심을 재야 할 필요성을 이해하지 못해 어리둥절한 표정이었다.

"나는 말썽을 일으키고 싶지 않네."

주다 추장이 말했다.

그러자 쏘리가 입을 열었다.

"추장님, 아브람 삼촌은 이유를 알아보라고 말씀드리는 것뿐이에요."

"꼬마야, 넌 잠자코 있어!"

레제 이지리크가 고함을 질렀다. 레제는 쏘리가 마을 회의에 참석하는 것을 못마땅하게 여기고 있었다.

"나는 이제 꼬마가 아니에요."

쏘리도 지지 않고 고함을 질렀다. 레제는 쏘리의 아버지를 싫어했었다.

아브람이 레제를 노려보면서 말했다.

"쏘리도 의견을 말할 권리가 있어."

"하!"

레제가 기가 막히다는 소리를 냈다.

해변에서 열린 즉석 회의는 그렇게 끝났다.

섬너호가 온 지 사흘째 되는 날 새벽, 다이너마이트 터지는 소리가 초호의 평화를 깨뜨렸다.

아브람은 이번에도 자고 있었다. 쏘리와 로킬레니는 카누를 띄워 물이 솟아오른 곳까지 가 보았다. 산호초가 있던 자리에서 죽은 물고기 떼가 떠올랐다. 커다란 산호초는 흔적도 없이 사라졌다. 곧이어 두 번째 폭발이 일어났다.

그날부터 아침마다 군함에 딸린 대형 보트 네 척이 케이블을 끌고 초호를 돌아다녔다. 쏘리는 보트들이 일정한 진로를 따라가고 있다는 것을 알아차렸다. 보트들이 산호초를 찾아내 해도에 표시하면, 다음 작업은 폭파 전문 잠수부들이 맡았다.

미국인들은 산호초를 폭파할 뿐만 아니라 부표까지 설치했다. 뜨겁고 건조한 날들이 계속되는 동안, 마을 사람들은 아침마다 수륙 양용 보트가 해변으로 천천히 다가오는 것을 보았다. 보트에는 대개 강철 파이프와 용접 기구가 높이 쌓여 있었다.

쏘리와 로킬레니는 마을 사람들과 함께 모래밭에 쪼그리고 앉아서, 25미터짜리 강철 파이프 수로 표지가 세워지고 파랗게 번득이는 용접 불꽃이 폭포수처럼 떨어지는 것을 감탄스런 눈으로 지켜보았다. 쏘리는 용접기를 본 적이 없어서 외삼촌에게 물어봐야 했다. 수병들은 수로 표지 주위를 원숭이처럼 날쌔게 돌아다녔다.

미군들은 대부분 키가 크고 금발에 푸른 눈을 가지고 있었다. 쏘리와는 전혀 다른 생김새였다. 하얀 몸뚱이는 태평양의 강한 햇살에 갈색으로 그을려 있었다. 그들을 보면서 쏘리는 자신이 너무 작고 초라하다고 느꼈다. 나도 미국에서 태어났다면 얼마나 좋을까.

섬과 초호 전역에서 이런 일이 일어나리라고 예상한 사람은 아무도 없었다. 그 군함 한 척은 환초에 엄청난 변화의 회오리를 일으켰다. 군함에 딸린 보트들은 하얀 항적을 남기며 물을 갈랐고, 수병들은 해안에서 떼 지어 움직이며 계속 철탑을 세웠다. 철탑 하나를 세우는

데 하루나 이틀이면 충분했다.

그래도 섬너호의 수병들이 섬의 해안과 청록빛 초호 전역에서 일하고 있는 이유를 아는 사람은 아무도 없었다. 수병들 자신도 모르는 것 같았다. 수병 하나가 그것은 비밀이라고 말했다.

아브람이 과감하게 짐작하는 바를 말했다.

"우리 초호를 항구로 바꾸려는 거야."

"맘대로 그래도 되나요?"

쏘리가 물었다.

미국인들은 주다 추장이나 다른 누구에게 물어보지 않고도 그런 일을 할 수 있었다.

타라 선생님이 말했다.

"전에 일본 국기가 그랬던 것처럼 지금은 미국 국기가 이 섬에 나부끼고 있어. 그 전에는 독일 국기, 독일 전에는 스페인 국기……. 그들은 하고 싶은 짓이면 뭐든지 할 수 있어."

비키니 환초가 선정된 이유는
대체로 날씨가 좋고,
환초로 둘러싸인 넓은 호수가 수심이 얕은 정박지를 제공해 주고,
주위 섬들을 보급 기지로 삼을 수 있기 때문이었다.
비키니 환초는 폭격기 기지에서 1,600킬로미터 이내에 있고
가장 가까운 도시에서 800킬로미터 이상 떨어져 있으며,
비행기와 선박이 다니는 항로에서도 800킬로미터 이상 떨어져 있었다.

2

2월의 두 번째 일요일, 아침 예배가 끝나기 직전에 미국 해군의 카탈리나 비행정이 해변에서 500미터쯤 떨어진 곳에 내려앉았다. 수면에 내려온 비행정은 모터를 이용해 섬으로 접근했다. 프로펠러가 햇빛에 번득이고 있었다.

비행기의 방문은 이제 희한한 사건도 아니었지만, 섬 주민들은 누가 무엇 때문에 상륙하고 있나 하는 호기심 때문에 여느 때처럼 물가로 나갔다. 교회는 텅 비었다.

곧 비행정 옆에 노란 고무보트가 나타나더니 황갈색 군복 차림의 두 남자가 보트에 탔다. 하얀 셔츠에 파란 바지를 입은 남자도 있었다. 그는 분명 마셜 제도 사람이었다.

그때 또 다른 고무보트가 비행정에서 미끄러져 나왔다. 그 보트에는 해군 두 명과 또 다른 마셜 제도 사람이 탔다. 곧이어 시끄러운 모터 소리가 주일 아침의 평화를 깨뜨렸다.

히로시마와 나가사키에 원자 폭탄이 떨어지고 일본이 항복한 뒤 반년 동안, 이 섬을 방문한 비행정은 서너 대뿐이었다. 비행정을 타고 온 수병들은 그냥 섬을 둘러보고 싶을 뿐이라면서 몇 시간 동안 해안에 머물며 사진을 찍었다.

아브람이 다가오는 고무보트를 바라보면서 말했다.

"왠지 불안해. 저 배가 저곳에 정박한 뒤부터 줄곧 불길한 느낌이 들었어. 미국인들은 이 섬에 지나치게 관심이 많아. 무슨 꿍꿍이가 있는 게 분명해."

"무슨 꿍꿍이요?"

쏘리가 물었다. 전쟁은 오래전에 끝났다. 그런데 무슨 작전이 또 필요하단 말인가.

"곧 알게 되겠지."

외삼촌이 말했다.

고무보트들이 모래밭으로 올라오자 주다 추장이 물가로 내려갔다.

아브람은 두 번째 보트에 탄 사람들을 바라보면서 "우하!" 하고 감탄사를 내뱉었다. 마셜 제도 사람은 산뜻한 해군복에 검은 구두를 신고 있었다. 나이는 60대로 보였고, 머리카락이 희끗희끗했다. 그는 모래밭에 내려서자마자 다른 사람들도 모두 들을 수 있을 만큼 큰 소리로 주다 추장에게 말했다.

"나는 제이마타요."

섬사람들은 제이마타에 대해 알고 있었지만 실제로 본 적은 없었다. 제이마타는 푸른 초목이 우거진 아일링라팔라프 섬에 살면서 랄리크 열도의 대추장으로서 마셜 제도 북부를 통치했다. 그는 자신이 비키니 섬을 포함한 모든 섬의 소유권자라고 주장하고 있었다. 그런데 미군이 왜 그를 이곳에 데려온 걸까?

사람들은 주다 추장이 가볍게 고개를 숙이고 제이마타와 악수하는 것을 지켜보았다. 그 순간 쏘리는 주다 추장이 제이마타를 두려워하고 있다는 것을 알았다. 제이마타의 눈은 수천 길 아래의 심해처럼 차가운, 뱀상어의 눈이었다.

외삼촌이 조용히 말했다.

"미군은 제이마타를 이용할 거야. 주다는 조심해야 돼."

쏘리는 혼자속으로 물었다. 미국인들은 뭘 원하는 걸까? 도대체 뭘 원하는 거지?

모자 밑으로 백발이 삐죽 튀어나온 나이 많은 해군 장교가 주다 추장과 악수를 나누고, 첫 번째 보트를 타고 온 통역을 통해 다른 장교들을 소개했다. 통역은 자신을 '콰잘린 섬의 아자켈'이라고 소개했다. 아자켈은 대부분의 마셜 제도 사람과는 달리 통통했다. 마셜 제도를 점령한 미국인들이 아자켈을 잘 먹인 게 분명했다. 아자켈은 색 안경을 쓰고 있었다. 그런 안경을 구하려면 코코넛을 천 개는 주어야 할 것이다.

아자켈이 말했다.

"주다 추장, 와이어트 준장은 당신과 섬사람들에게 이야기하고 싶어 하십니다. 와이어트 준장은 마셜 제도의 군정 장관으로, 매우 중요한 분입니다."

외삼촌 말이 맞았다고 쏘리는 생각했다. 미국인들은 무언가를 원하고 있었다.

주다 추장은 고개를 끄덕이고 야자나무 그늘을 가리켰다.

모두 그쪽으로 걷기 시작했을 때 외삼촌이 말했다.

"쏘리야, 이제 알겠지. 우리는 일본인의 지배에서 벗어나자마자 미국인의 지배를 받게 되는 거야."

야자나무 그늘에 이르자 군정 장관이 아자켈에게 말했다.

"모두 앉으라고 하시오."

그러자 아브람이 마셜 어로 사람들에게 말했다.

"여러분도 아시다시피 우리를 지배하는 사람들은 늘 서 있습니다. 그래야 우위를 지킬 수 있으니까요. 옛날부터 늘 그런 식이었지요. 그러니 우리도 서 있어야 합니다. 앉지 마세요."

아자켈은 아브람이 영어를 알아듣는 데 놀라서 불안한 눈으로 바라보았다.

하지만 백인이나 높은 사람 앞에서 언제나 그래 왔듯이, 이번에도 아브람과 쏘리를 제외한 마을 사람들은 모두 고분고분 땅바닥에 앉았다. 쏘리가 태어나기 전만 해도 여자들은 총독같이 높은 사람들 앞에 서는 허리를 숙이고 걸어야 했다.

긴장된 분위기가 감돌았다. 그 긴장은 아브람이 불러일으킨 것이었다. 천둥 번개를 동반한 폭풍우가 닥쳐오기 직전의 고요한 순간 같았다. 쏘리는 다른 가족들을 둘러보았다. 그들의 얼굴은 무표정했다. 일본인에게서 환초를 해방시킨 힘센 미국 백인들의 말을 멍하니 기다리고 있을 뿐이었다.

아브람은 군정 장관을 뚫어지게 바라보면서 계속 서 있었다. 그의 눈에는 깊은 불신이 담겨 있었다.

할아버지가 끙 하고 신음 소리를 내면서 다시 일어나 턱을 치켜들고 아브람과 쏘리 옆에 서더니, 도전하듯 지팡이를 모래에 박아 넣었다. 이어서 타라 선생님도 군정 장관을 지그시 바라보면서 할아버지 뒤를 따랐다.

마침내 군정 장관이 입을 열었고, 잠시 후 아자켈이 그 말을 통역했다.

"원자 폭탄에 대해서는 모두 알고 있겠죠?"

주다 추장이 아브람을 힐끔 돌아보면서 대답했다.

"예, 압니다."

그러자 모두 고개를 돌려 쏘리의 외삼촌을 쳐다보았다.

군정 장관이 다시 말하자 아자켈이 그 말을 통역했다.

"미국인들은 이제 그 무기를 다른 방식으로 실험해야 합니다. 비키니 섬이 그 실험을 위한 환초로 선정되었어요."

그게 바로 섬너호가 초호에 정박해 있는 이유였구나!

그때 아브람이 소리쳤다.

"안 됩니다!"

사람들이 모두 고개를 돌려 아브람을 쳐다보았다. 아브람의 큰 소리에 놀란 듯했다. 아브람은 이글거리는 눈빛으로 군정 장관을 노려보고 있었다.

주다 추장이 말했다.

"아자켈의 말을 끝까지 들어보세."

아브람이 이번에는 영어로 군정 장관에게 직접 소리쳤다.

"여기서 원자 폭탄을 실험하면 안 됩니다. 원자 폭탄이 히로시마를 어떻게 만들었는지 알잖습니까!"

그러자 쏘리의 어머니가 동생에게 간청했다.

"아브람, 제발 앉아라. 이야기를 끝까지 들어보자."

군정 장관을 비롯한 미군 장교들과 제이마타는 아브람에게 눈살을 찌푸리고 있었다. 비키니 섬에서 아브람 마카올리에지 같은 인물을 만나게 될 줄은 전혀 예상치 못했던 것이다.

쏘리는 2년 전 난틸 섬을 지나가면서 신음 소리를 냈던 알바트로스를 떠올렸다. 알바트로스가 신음 소리를 낸 건 이것 때문이었어. 원자 폭탄.

아자켈이 다시 군정 장관의 말을 통역했다.

"핵 실험은 세계의 평화와 안전을 위한 겁니다."

"누구를 위한 평화고 누구를 위한 안전입니까?"

아브람이 마셜 어와 영어로 고함을 질렀다.

군정 장관은 숨을 깊이 들이마시고 다시 말했다. 아자켈이 그 말을 통역했다.

"많은 전함이 초호에 정박할 겁니다. 실험은 그 배들이 미래의 공격을 얼마나 잘 견뎌 낼지 보여 줄 겁니다."

비키니에 또다시 '아일링칸'이 들어왔구나 하고 쏘리는 생각했다. 처음에는 스페인 사람, 다음에는 독일 사람과 일본 사람. 친절한 미국인도 처음에는 사탕을 주더니 이제는 원자 폭탄을 주겠단다.

"사람이 살지 않는 환초도 있잖습니까."

아브람이 영어와 마셜 어로 분명하게 말했다.

"하지만 이만큼 넓고 깊은 초호는 없습니다."

군정 장관이 아자켈의 입을 빌려 주장했다.

그것은 사실이 아니었다. 콰잘린 환초의 초호는 이보다 훨씬 넓고 깊었다.

군정 장관이 다시 아자켈의 입을 빌려 힘주어 말했다.

"미국인들은 세계 전역을 뒤졌습니다. 실험장은 폭풍우가 닥쳐오지 않는 곳, 바람이 한 방향으로 일정하게 불고 해류가 어장과 사람 사는 섬에서 떨어져 있는 곳, 고래가 지나다니지 않는 곳이어야 합니다."

쏘리는 원자 폭탄에서 나온 독이 모든 사람을 병들게 했다는 외삼촌의 말을 생각해 냈다. 방사선! 그것은 공기나 물도 뚫을 수 있었다.

"미국인들이 좀 더 날아다니면서 다른 곳을 찾아 주었으면 합니다."

아브람이 다시 두 언어로 말했다. 그는 두 주먹을 불끈 쥐고 있었다. 입 주위에 격렬한 분노가 드러나 있었다.

해군 장교들은 도움을 청하듯 대추장을 바라보았다. 제이마타가 주다 추장에게 차갑게 말했다.

"저 작자, 조용히 입 좀 다물게 하시오."

주다 추장은 모래 구덩이라도 파고 들어가고 싶은 듯한 표정을 지었다.

"아브람, 제발……."

주다 추장이 힘없이 말했다. 그러고는 쏘리의 어머니에게 도움을 청하는 눈길을 던졌다. 그러나 어머니는 표정을 바꾸지 않았다.

군정 장관은 숨을 한 번 깊이 들이마신 다음, 말썽꾼을 애써 무시하면서 말을 이었다. 그 말을 아자켈이 통역했다.

"미국은 비키니 섬에 사는 모든 사람과 재산을 다른 곳으로 옮기고, 새 집을 마련해 줄 겁니다. 식량도 주고……."

"저 사람 말을 믿지 마세요."

아브람이 마셜 어로 소리쳤다.

"조용히 해, 아브람."

레제 이지리크가 말했다.

아자켈이 통역을 계속했다.

"몇 년 뒤에는 돌아올 수 있습니다. 그때쯤이면 모든 것이 오늘 아침과 똑같은 상태로 회복되어 있을 겁니다."

쏘리는 아자켈이 진땀을 흘리는 것을 볼 수 있었다. 그의 갈색 피부가 불그레하게 물들어 있었다.

"거짓말이야!"

아브람이 군정 장관에게 고함을 질렀다. 아브람은 화가 나서 몸을 부들부들 떨고 있었다.

"그 폭탄은 우리 땅을 오염시키고, 우리 나무를 죽이고, 우리 초호를 더럽힐 거야. 코코넛도 없고, 물고기도 없고……."

"제발 저 사람 말을 끝까지 들어보세."

주다 추장이 말했다.

아브람이 다시 소리를 질렀다.

"레타오! 거짓말쟁이!"

쏘리도 외삼촌을 따라 소리쳤다.

"레타오! 거짓말쟁이!"

군정 장관은 두 손바닥을 들어올려 조용히 하라는 시늉을 한 뒤, 천천히 말하기 시작했다. 아자켈도 똑같이 천천히 통역했다. 언어는 다르지만 군정 장관의 말투는 할아버지가 설교할 때와 비슷하게 들렸다.

"여러분은 주님이 적으로부터 구원하여 '약속의 땅'으로 데려간 이스라엘의 자손과 같습니다. 우리는 원자 폭탄을 만들어 여러분을 적으로부터 구해 냈습니다. 그리고 이제 우리는 인류의 이익을 위하고 모든 전쟁을 영원히 끝내기 위해 원자 폭탄을 실험해야 합니다. 우리는 전 세계를 돌아다닌 끝에 비키니 섬이 실험에 가장 좋은 장소라는 것을 알게 됐습니다."

아자켈은 군정 장관의 말만이 아니라 말투까지 그대로 흉내 냈다.

주다 추장이 마침내 아자켈에게 말했다.

"우리끼리 의논해 보겠소."

그러자 아자켈이 미국인들에게 잠시 자리를 비켜 달라는 몸짓을 했다.

이브람은 콧방귀를 뀌며 마을 사람들에게 말했다.

"이스라엘의 자손? 저 사람들은 그 연설을 미리 연습했어요. 어떤 말을 써야 효과가 있을지 잘 알고 있다고요."

미군 장교들과 아자켈이 자리를 뜨자 아브람은 다시 사람들에게 말했다.

"저 사람들 말은 진실이 아닙니다. 지난 몇 달 동안 라디오에서 원자 폭탄 투하로 생겨난 끔찍한 질병에 대한 이야기를 수없이 들었습니다. 과학자들도 그 해독이 얼마나 오래갈지 모르고 있습니다. 천 년이 걸릴 수도 있어요."

"군정 장관은 '몇 년'이라고 했네."

주다 추장이 말했다.

"그 사람들은 모릅니다. 그들은 모르고 있어요, 추장님. 그들도 모른다고 방송에서 말했다고요. 내가 이야기를 꾸며 냈겠어요?"

할아버지가 말했다.

"나는 원자 폭탄을 반대하네. 원자 폭탄은 사람들을 죽여. 나는 어떤 살상에도 반대일세."

제이마타 추장이 말했다.

"미국인들이 요구하는 대로 하시오. 당신들한테 명령하겠소. 미국인들이 요구하는 대로 하시오."

아브람은 두려워하지 않고 랄리크의 통치자에게 맞섰다.

"당신은 이곳에 살지도 않잖소!"

제이마타의 얼굴이 어두워졌다.

논쟁은 한 시간이 넘도록 계속되었다.

아브람이 말했다.

"성경을 보면 알 수 있듯이, 백인들 세상에는 '양'이라고 불리는 동물이 있습니다. 양은 통솔하기 쉽고 절대 반항하지 않아요. 양은 아무 생각도 않고 그저 다른 양들이 가는 방향으로 따라갈 뿐입니다. 도살장까지도 서로 따라갑니다. 지금 여러분은 양 떼입니다. 그걸 모르시겠어요?"

쏘리는 양에 대한 이야기를 들은 적이 있기 때문에 외삼촌의 말을 이해했다.

타라 선생님이 앉아 있는 사람들에게 격렬하게 말했다.

"여러분은 여기서 태어났어요! 이곳은 여러분의 땅이에요! 이 땅을 넘겨주면 안 돼요! 미국인들이 원자 폭탄을 실험하고 싶다면 미국

안에서 실험장을 찾으라고 하세요."

마을 사람들은 대개 교사의 말을 존중하고 귀담아들었다. 아브람은 고마워하는 눈빛으로 타라 선생님을 힐끗 바라보았다.

레제 이지리크가 말했다.

"그들은 당분간 초호를 쓰고 싶어 할 뿐이오. 그게 무슨 해가 되겠소? 그들은 우리한테 많은 돈을 줄 것이고, 2년 뒤에는 우리도 이곳으로 돌아올 수 있을 것이고, 그때쯤이면 모든 게 지금과 똑같아질 거요. 그들은 지금까지 그랬듯이 앞으로도 많은 것을 줄 겁니다."

이브람이 소리쳤다.

"천만에! 대가를 치르겠다는 말은 하지 않았어요. 그저 우리를 다른 곳으로 옮겨 주겠다고 말했을 뿐이라고요!"

주다 추장이 조용히 말했다.

"틀림없이 대가를 치를 걸세."

"그 사람들한테 한번 물어보세요."

마침내 주다 추장이 한숨을 내쉬면서 말했다.

"투표를 해야겠군. 사람들이 기다리고 있어."

아홉 가족을 대표하는 아홉 명의 알라브가 다른 곳으로 옮기는 데 찬성표를 던졌다. 쏘리와 할아버지는 함께 한 표의 반대표를 던졌다. 아브람이 속해 있는 마카올리에지 가족도 반대표를 던졌다. 투표는 한 시간도 채 걸리지 않았다.

주다 추장은 이지리크 집안의 딸을 보내 미국인들을 다시 회의장으로 부른 다음, 그들에게 말했다.

"미국 정부와 세계의 과학자들이 하느님의 은총으로 인류 전체의 우애와 이익을 가져올 발전을 위해 우리 환초를 쓰고 싶어 한다면, 우리 부족은 당분간 기꺼이 다른 곳으로 이주하겠습니다."

쏘리는 생각했다.

'가엾은 주다 추장. 그는 권력자를 상대하는 데 익숙지 않아.'

아브람이 비통하게 말했다.

"추장님은 큰 실수를 하신 거예요. 엄청난 잘못을 저지르신 거라고요."

아자켈이 주다 추장의 말을 통역하자, 군정 장관은 주다를 치하하고 사람들에게 감사한 다음, 모두 새 집이 마음에 들 것이며, 미국 정부와 해군은 비키니 주민의 재정착을 돕기 위해 인력으로 가능한 일이라면 어떤 일도 마다하지 않겠다고 약속했다.

타라 선생님이 아브람의 손을 잡고 말했다.

"애 많이 쓰셨어요……."

아브람은 한숨을 내쉬었다.

"하지만 졌어."

쏘리는 거적 위에 앉아 있는 마을 사람들의 얼굴을 바라보았다. 그들은 두 시간도 채 안 되는 사이에 자신들에게 무슨 일이 일어났는지 모르고 있었다. 몇 사람은 눈살을 찌푸리고 있었지만 대다수는 군정 장관과 그의 참모들이 서둘러 고무보트로 돌아가는 것을 무표정하게 바라볼 뿐이었다.

　쏘리는 모래밭에 외삼촌과 나란히 앉아서, 카탈리나 비행정이 점점 속력을 높여 다시 서쪽으로 날아가는 것을 지켜보았다. 어머니와 로킬레니는 조금 떨어진 곳에 앉아 있었고, 타라 선생님과 할아버지와 할머니도 근처에 있었다. 아무도 입을 열지 않았다. 쏘리는 백인과 그들의 폭탄에 반대표를 던진 것이 자랑스러웠다.

　다른 사람들도 가족끼리 작은 무리를 지어, 멀리 사라져 가는 비행정을 말없이 지켜보고 있었다. 오후가 깊이 가면서 쏘리는 마을에 후회하는 분위기가 감돌고 갑작스러운 슬픔이 밀려드는 것을 느꼈다. '약속의 땅'으로 인도되는 이스라엘의 자손이라느니, 원자 폭탄이 인류 전체의 우애와 이익을 가져다줄 거라는 따위의 미사여구가 천천히, 아주 천천히 마음속에 스며들었다. 자기가 던진 찬성표의 의미를 그제야 깨닫는 사람도 있었다. 그들은 태어난 고향을 떠나 다른 섬으로 가는 데, 자신들의 집과 고향이 파괴되는 데 찬성표를 던진 것이다. 이주할 섬은 아마 이제까지 본 적도 없는 섬, 생판 모르는 낯선 곳일 터였다.

　타라 선생님이 말했다.

　"미국인들은 우리를 어디로 보내겠다는 말은 하지 않았어요."

　마침내 아브람이 한숨을 내쉬며 말했다.

　"마을 사람들은 단지 백인이 요구했기 때문에 동의했을 뿐이야. 사람들은 아직 모르고 있지만, 세상에서 가장 귀한 곳, 고향을 등지고 떠나게 될 거야."

아브람은 슬프고 지쳐 보였다. 기운이 전혀 없었다. 삼촌은 정말 병에 걸린 걸까?

"쏘리야, 여기서 무슨 일이 일어났는지 아니? 우리는 미국인들에게 감히 싫다는 말도 못할 만큼 그들을 대단한 존재로 생각하고 있어. 군정 장관은 신에 대한 우리의 믿음을 이용했어. 우리 부족을 위해 울고 싶구나, 쏘리. 사람들은 몇 년만 지나면 이곳으로 다시 돌아올 수 있고, 그때쯤이면 모든 것이 지금과 같은 상태로 회복되어 있을 거라고 생각하지만, 절대로 그렇지 않을 거야. 영원히 지금과 똑같아지지는 않을 거야. 그 폭탄이 일단 떨어지면 이곳은 절대 원래 상태로 돌아갈 수 없게 될 거야. 그들은 주다 추장과 우리 모두에게 거짓말을 했어."

쏘리는 생각에 잠긴 얼굴로 말했다.

"삼촌, 전쟁도 끝났는데 미국인들은 왜 폭탄을 실험하고 싶은 걸까요? 지금 바깥세상은 평화롭지 않나요?"

"그렇게 간단한 문제가 아닌 것 같아. 미국은 아직도 적이 있어."

"왜 모든 사람이 우리가 여기서 사는 것처럼 평화롭게 살지 못할까요?"

"내가 그 질문에 대답할 수 있다면, 지구에서 최고로 중요한 인물일 거다."

어머니가 옳은 말이라는 듯이 고개를 끄덕였다.

"어떻게 하면 핵 실험을 막을 수 있죠? 우리가 할 수 있는 일이 뭐가 있어요?"

쏘리가 물었다.

"그래, 우리가 뭘 할 수 있을까?"

타라 선생님이 쏘리의 말을 받았다. 할아버지도 타라 선생님과 같은 말을 했다.

아브람은 잠시 생각에 잠겼다가 입을 열었다.

"나도 잘 모르겠다. 하지만 우리가 할 수 있는 일이 있을 거야. 배에서 일할 때 파업이라는 걸 배웠지. 파업이 뭔지 아니?"

쏘리는 고개를 저었다.

"파업은 노동자들이 학대나 저임금에 맞서 싸우는 거야. 일하기를 거부하고 항의하는 거지."

"우리도 그걸 할 수 있나요?"

"파업을 해 봤자 아무 소용도 없을 거야. 하지만 항의할 수는 있어. 항의는 '맞서 싸운다'는 뜻이야. 다른 세상에는 신문과 잡지와 라디오 방송국이 많아. 만약 우리가 제때에 그런 매체를 움직일 수 있다면, 미군이 다른 선택을 하도록, 사람이 살지 않는 다른 환초를 찾아보도록 압력을 넣을 수 있어."

"가능성은 어느 정도예요?"

외삼촌은 한참 뒤에야 대답했다.

"별로 높지 않아."

다시 침묵이 그들을 내리덮었다.

'교차로 작전' 지휘관인 윌리엄 H.P. 블랜디 해군 중장은 비키니 섬 주민들이 몇 달 안에 고향으로 돌아갈 수 있을 거라고 기자들에게 말했다.

3

 쏘리는 주다 추장과 아브람 삼촌, 제톤 케지부키, 마노지 이지리크와 함께 가죽끈으로 몸을 묶고 비행정 안에 앉아 있었다. 구명조끼 아래로 가슴이 두근거렸다. 이지리크는 눈을 질끈 감은 채 좌석의 뼈대를 이루는 파이프를 꽉 움켜잡고 있었다. 엔진 소리가 맹렬해지자, 비행정은 공중으로 떠오를 때까지 낮은 물결에 세차게 부딪치면서 이륙 활주를 시작했다.

 다른 알라브들은 하늘을 나는 기계에 겁을 먹고 타기를 거부했다. 미군은 비키니 섬 대신 임시 거처로 삼기에 적당한 섬을 찾을 수 있도록 주다 추장과 알라브들을 비행정에 태워 주겠다고 제의했다. 여느 때의 카탈리나 비행정보다 큰 엔진 네 개짜리 수상 비행기가 동원되었다.

 일단 공중으로 떠오르자 숨쉬기가 좀 더 편해졌다. 심장 고동도 느려졌다. 쏘리는 굉음을 내며 진동하는 비행기 안에 앉아 있게 될 줄은 꿈에도 생각해 본 적이 없었다.

곧 객실 담당 수병이 안전띠를 풀고 현창 밖을 내다보아도 좋다고 말했다. 바다와 흘러가는 구름이 저 아래에 있었다. 신기하고 가슴 설레는 광경이었다.

땅딸막한 체격에 머리카락이 붉고 얼굴에 주근깨가 난 헤이스팅스 대위가 군정 장관의 대리로 그들과 동행했다. 대위가 엔진 소리보다 더 큰 소리로 외쳤다.

"우선 우지에의 리에로 갈 겁니다."

비행기는 마침내 우자에와 라에 섬 상공에서 아래로 급강하했다. 우자에와 라에는 둘 다 비키니 섬보다 작은 섬이었다. 날개 달린 그림자가 요란한 소리와 함께 모래밭과 야자나무를 스치고 지나가자, 그곳 사람들이 비행기를 향해 손을 흔들었다.

쏘리는 정말로 하늘에 떠 있다는 것, 그리고 이제 비행을 즐기고 있다는 것을 믿을 수가 없었다. 얼굴이 백지장처럼 창백해진 주다 추장은 좌석 파이프를 꽉 움켜잡고 있었다.

아브람이 헤이스팅스 대위에게 영어로 말했다.

"마을 회의에서는 사람이 이미 살고 있는 섬에는 이주하지 않기로 결정했습니다."

주다 추장은 서둘러 건네준 봉지에 구토를 한 뒤 숨을 헐떡거리면서 말했다.

"롱게리크."

비키니 섬에서 동쪽으로 200킬로미터 떨어진 롱게리크 섬에는 아무도 살지 않는다는 말을 들었던 것이다.

쏘리는 '롱게리크'라는 이름에 신경이 쓰였다. 오래전에 할머니로부터 그 섬에 대해 아주 좋지 않은 이야기를 들었기 때문이다. 그리고 200킬로미터라는 거리도 세계를 반 바퀴쯤 돈 것만큼이나 멀게 느껴졌다.

아브람이 헤이스팅스 대위의 말을 전했다. 비키니 섬 주민들이 판다누스 잎으로 짠 거적과 카누와 닭과 개와 함께 비키니 섬을 빨리 떠나 주기만 한다면 미군은 어디로 가든 개의치 않는다는 것이다. 새 섬을 고르는 것은 전적으로 마을 사람들에게 달려 있었다.

제톤 케지부키도 멀미가 나서 토하고 있었다. 비행기가 다시 두 시간 동안 윙윙 날개를 울리며 날았을 때는 쏘리도 약간 구역질이 났다. 그때 비행기가 조금 고도를 낮추었고, 헤이스팅스 대위가 조종실에서 돌아오면서 말했다.

"롱게리크입니다."

주다 추장이 섬을 내려다보려고 좌석에서 비틀거리며 일어났다.

"착륙하고 싶으세요?"

헤이스팅스 대위가 물었다.

아브람이 그 말을 통역하자, 주다 추장은 고개를 저었다.

"착륙해야 합니다."

아브람이 말했지만 주다 추장은 거절했다.

롱게리크 환초는 비키니 환초보다 훨씬 작았지만, 쏘리가 보기에는 그리 나빠 보이지 않았다. 야자나무와 판다누스는 별로 없었지만, 가장 큰 섬의 해변은 비키니 섬보다 넓었다.

쏘리는 마노지 이지리크의 눈에 눈물이 고이는 것을 보았다. 제톤 케지부키는 비행기 바닥만 뚫어지게 내려다보고 있었다. 아브람도 실망한 게 분명했다. 그들은 착륙하지 않겠다는 추장의 결정이 불만스러웠다.

쏘리는 다시 한 번 아래를 내려다보았다. 초호는 비키니의 절반도 안 되고, 초호를 빙 둘러싸고 있는 섬들 가운데 일부는 거의 벌거벗은 모래밭이거나 키 작은 덩굴식물밖에 없었다.

"집으로 가세. 집으로 가."

주다 추장이 아브람에게 힘없이 말하자 아브람이 그 말을 대위에게 전했다.

주다 추장은 낭패감에 빠져 고개를 숙이고 앉아 있었다.

"좋은 섬이 아니에요!"

아브람이 우레 같은 엔진 소리보다 더 큰 소리로 추장에게 말했다.

주다 추장은 고개를 들지도 않았다.

마을 사람들은 비행기가 초호에 내려앉자마자 기대에 찬 얼굴로 모여들어, 고무보트가 추장 일행을 해변으로 데려오기를 기다렸다.

주다 추장은 여전히 창백한 얼굴로 고무보트에서 기어 나가 사람들 쪽으로 비틀거리며 걸어갔다.

"어떻게 됐나?"

할아버지가 물었다.

"롱게리크로 결정했어요. 그 섬에는 아무도 살지 않아요."

"나는 롱게리크에 대해 나쁜 이야기를 들었네. 그 섬에 아무도 살지 않는 건 바로 그 때문이야."

"임시 거처예요. 2년만 지나면 다시 고향으로 돌아올 겁니다. 미군이 그렇게 약속했어요."

2년은 아주 긴 시간이라고 쏘리는 생각했다.

"남쪽에 있는 섬에는 왜 가 보지 않았나?"

할아버지가 물었다.

"다들 되도록이면 고향 가까이에 남아 있고 싶어 하니까요. 우리가 이미 알고 있듯이, 여기보다 남쪽에 있는 환초들은 거의 다 너무 작거나 사람이 살고 있습니다."

아브람은 사람들 뒤쪽에 서서 슬픈 얼굴로 조용히 말했다.

"추장님, 언젠가 우리가 다시 이 섬으로 돌아온다 해도 그때까지는 아주 오랜 시간이 걸릴 겁니다. 이 섬은 폭탄으로 오염될 거예요."

레제 이지리크가 짜증스럽다는 듯이 아브람을 돌아보면서 소리쳤다.

"그 말은 전에도 들었어! 이젠 자네 말을 듣는 데 신물이 나어. 이곳을 떠나는 게 우리한테 이로울 거야. 미군은 조만간 우리한테 돈을 줄 테고, 롱게리크에서 살 수 있도록 잘 돌봐 줄 거야. 식량도 주고 약도 주고 미군에는 의사들도 있어."

레제다운 말이라고 쏘리는 생각했다. 그는 바보 새하고도 말다툼을 벌일 인물이었다.

"자네 눈으로 롱게리크를 볼 때까지 기다려, 레제! 그때 가서 말하라고!"

아브람도 사나운 얼굴로 마주 고함을 질렀다.

섬사람들은 언제나 조용하고 온화한 편이라서 서로에게 목청을 높이는 일이 거의 없었다. 그런데 이제는 어두운 긴장감이 공기 속에 감돌았다. 마을 사람끼리 맞서 싸우고 있었다.

"자네는 미쳤어, 아브람! 돌았다고!"

레제가 주먹을 들어올리며 소리쳤다.

그러자 타라 선생님이 나서서 큰 소리로 말했다.

"아브람은 진실을 말하고 있어요. 나는 롱게리크에 가 본 적이 있어요. 내가 태어난 고향은 그 섬에서 30킬로미터도 떨어지지 않은 곳에 있다고요."

사람들 속에서 웅성거림이 일어났다. 집회는 끝났다. 사람들은 대부분 참담한 심정으로 집으로 돌아갔다. 비키니 환초를 떠나기로 한 일주일 전의 결정에 아직도 만족하고 있는 사람은 레제를 비롯한 몇 사람뿐이었다. 쏘리는 마을 사람 대다수가 벌써 마음이 바뀌어 이곳에 남아 있고 싶어 한다고 생각했다.

"우리 삼촌은 미치지 않았어요."

로킬레니가 소리쳤다. 로킬레니의 마른 얼굴이 분노로 어두워져 있었다.

레제는 로킬레니를 무시하고 걸어갔다.

격분한 어머니도 뒤에서 큰 소리로 외쳤다.

"내 동생은 미치지 않았어!"

아브람은 얼굴에 야릇한 표정을 떠올린 채 말없이 서 있었다. 그의 갈색 얼굴이 잿빛으로 변했다. 몸이 좋지 않은 것 같았다.

"삼촌, 괜찮아요?"

쏘리가 물었다.

어머니도 걱정스러운 얼굴로 물었다.

"아브람, 정말로 괜찮니?"

아브람은 주머니에 들어 있던 작은 약병에서 알약 두 개를 꺼내 혀 밑에 넣었다.

"난 괜찮아."

아브람은 숨을 한 번 깊이 들이마시고 나서 말했다.

나이 지긋한 지비지 케지부키가 분노를 누그러뜨리려고 애쓰면서 아브람에게 말했다.

"롱게리크에 대해 말해 주게."

아브람이 마침내 고개를 끄덕였다.

"제일 큰 섬도 이 섬보다 작아요. 초호도 우리 초호의 반의 반도 안

될 거예요. 아주 빈약한 환초지요. 미군은 임시 거처로 우리를 옮겨 주겠다고 제의했지만, 그들이 제안한 건 그것뿐이에요. 다른 건 아무것도 없습니다. 나는 군정 장관의 말을 모두 알아들었는데, 돈 이야기는 아예 꺼내지도 않았어요."

아브람은 갑자기 기진맥진한 듯 야자나무 줄기 위에 걸터앉았다. 쏘리와 어머니는 서로 얼굴을 마주 보았다.

저녁 식탁에서 로킬레니가 낯선 외국 말이라도 외우는 것처럼 '롱게리크'라는 말을 혼잣말로 수없이 되풀이했다. 쏘리는 그 이름에는 부드럽거나 음악적인 면이 전혀 없다는 것을 깨달았다. 반면 '비키니'라는 이름은 얼마나 음악적인가.

오후 집회가 끝난 뒤로는 거의 입을 열지 않던 아브람이 마침내 그날 있었던 일에 대해 이야기했다.

"마노지와 나는 여기로 돌아오는 내내 이야기를 나누었어. 미군이 우리는 그냥 이 섬에 살도록 내버려 두고 실험장으로 쓸 다른 섬을 찾게 할 방법은 없을까 하고. 주다 추장은 딱 한 번 입을 열었어. 우리는 너무 작고 미국은 너무 크다는 거였지. 그건 사실이야. 하지만 한 가지는 분명해. 우리가 한번 싸워 보지도 않고 순순히 섬을 내주었다는 거야. 우리는 싫다고 말할 수도 있었어. 싫다고 버텨 봤자 아무것도 달라지지 않았겠지만, 그래도 싫다고 말할 수는 있었을 거야."

"그곳에도 물고기가 있었니?"

어머니가 쏘리에게 물었다.

"많지는 않았어요. 하지만 다랑어들이 헤엄치는 것을 봤어요."

물고기가 없으면 모두 굶어 죽게 될 것이다.

주다 추장이 여자들에게는 내일부터 지붕과 벽으로 쓸 이엉을 엮고, 남자들에게는 판다누스 나무에서 완전히 자란 잎을 다 따서 롱게리크 환초로 가져갈 준비를 하라고 지시했다. 할머니와 로킬레니는 이엉을 엮는 일을 거들 테고, 쏘리는 나뭇잎을 딸 터였다.

"그런데 다른 섬에도 판다누스가 있디?"

어머니가 물었다.

"그렇게 많지는 않아요. 그 환초는 내 손바닥처럼 생겼어요. 그래 봤자 무슨 차이가 생기는 것은 아니지만."

"2년 동안은 살아남을 수 있어."

어머니는 언제나 낙천적이었다.

"회의를 다시 소집할 수는 없을까요?"

쏘리가 물었다.

"할 수 있어. 하지만 미군은 그 자리에 나타나지 않을 거야."

아브람이 대답했다.

할아버지가 말했다.

"군정 장관은 우리가 이주하면 하느님이 기뻐하실 거라고 말했어. 무엇이 하느님을 기쁘게 하는지, 미군이 그걸 어떻게 알지?"

그날 밤 쏘리는 로킬레니와 외삼촌, 타라 선생님과 함께 집 앞 해변에 앉아 있었다. 섬너호의 불빛이 검은 장막처럼 깔린 초호의 어둠을 갈랐다. 그 낡은 배는 바야흐로 이 섬에 일어나고 있는 일을 끊임없이 상기시켰다. 바람이 해안 쪽으로 불면 섬너호의 스피커 소리를 들을 수 있었다. 수병들의 날카로운 피리 소리나 녹음된 기상 나팔 소리, 소등 나팔 소리도 들려왔다. 마을 사람들은 그 소리에서 도망칠 수 없었다. 한 달 전만 해도 파도 소리와 눈에 보이지 않는 새들의 울음소리만 밤바람에 실려 왔었는데…….

"삼촌, 계획이 있다고 하셨죠?"

"그래."

아브람은 섬너호의 불빛에 눈의 초점을 맞춘 채 조용히 대답했다.

"무슨 계획인데요?"

쏘리는 창백한 달빛을 받은 삼촌의 옆얼굴을 쳐다보면서 물었.

아브람은 한참 동안 그대로 있다가 겨우 말했다.

"나중에 말해 주마."

"할아버지가 그러시는데, 할머니는 리보크라 때문에 그 섬에 가려고 하지 않을 거래요."

로킬레니가 말했다.

아브람은 낮은 소리로 웃었다.

"바보 같은 소리! 너희 할머니가 고집을 부리면 누군가가 수선화를 가득 담은 자루처럼 할머니를 번쩍 들어서 어깨에 둘러메고 갈걸.

미군은 노파 혼자 여기 남아서 폭탄이 터지는 걸 구경하게 내버려 두진 않을 거야."

이 섬에 전해 내려오는 전설에 따르면, 먼 옛날 '리보크라'라는 이름의 나쁜 정령이 남쪽 환초에서 롱게리크를 훔쳐 북쪽에다 놓았다고 한다. 리보크라는 비키니 섬도 훔치려고 했지만, 친절한 정령인 오리자바토에게 쫓겨나 결국 롱게리크에 정착할 수밖에 없었다. 리보크라는 폭풍우가 몰아치는 밤에 살해되어 초호에 던져졌는데 그 시체는 부근의 모든 생명에 독을 퍼뜨렸다. 리보크라가 죽은 뒤 코코넛과 판다누스 열매는 점점 줄어들었고 크기도 작아졌다. 샘은 물맛이 변했고, 그 물을 마신 사람은 병에 걸렸다. 롱게리크에는 오랫동안 아무도 살지 않았는데, 그게 다 리보크라 때문이라는 것이다.

"터무니없는 소리야. 하지만 우리 부족이 롱게리크 섬을 자주 찾아가지 않는 것은 사실이야. 특히 밤에는 절대로 안 가."

타라 선생님이 말했다.

"밤중에 죽은 마녀가 날아다니나요?"

로킬레니가 물었다.

"믿고 싶으면 믿어."

타라 선생님이 웃으면서 말했다.

"그게 다 허튼소리라면, 왜 아무도 그 섬에 살지 않죠?"

쏘리가 물었다.

"그건 나도 몰라."

타라 선생님이 솔직히 인정했다.

그러자 외삼촌이 말했다.

"그건 단지 롱게리크가 쓸모없는 환초이기 때문이야. 나는 오래전에 그 이야기를 들었어. 사람들이 그 섬에서 살려고 하지 않는 이유는 너희 할머니가 어떻게 생각하든 리보크라와는 아무런 관계도 없어."

쏘리는 할머니가 반쯤 미친 정도를 벗어났다고 생각할 때가 많았다. 할머니는 쏘리가 태어나기 전부터 그런 식이었다. 그래도 쏘리는 할머니를 사랑했다.

쏘리는 여섯 살인가 일곱 살 때 할머니에게 못된 행동을 한 적이 있는데 아직도 그것을 후회하고 있었다. 할머니는 영혼을 보게 될까 두려워서 자기 모습을 거울에 비추어 보고 싶어 하지 않았다. 어느 날 쏘리는 할머니를 골려 줄 생각에 마노지 이지리크의 집에서 거울 하나를 빌린 다음, 오후에 할머니가 깊이 잠들 때를 기다렸다가 할머니 얼굴에서 50센티미터 떨어진 곳에 거울을 놓고 할머니를 깨웠다. 눈을 뜬 할머니는 거울에 비친 자신의 모습을 보고 비명을 질렀다. 그때 아버지는 화가 나서 해변을 따라 멀리까지 쏘리를 쫓아왔었다.

보초에는 할머니가 늘 앉아 있는 커다란 바위가 있었다. 할머니는 그곳에서 눈을 감고 등을 꼿꼿이 편 채 두 손을 무릎 위에 올려놓고 앉아 있곤 했다. 한번은 할머니한테 무슨 소리에 그렇게 귀를 기울이고 있느냐고 물었다. 할머니의 눈동자가 눈꺼풀 밑에서 빙글빙글 돌더니 이윽고 이가 하나도 없는 턱이 움직였다. 그때는 할머니가 아직 말을 할 때였다. 할머니는 바다에서 들려오는 목소리, 수백 년 동안 보초 부근에서 숨진 이들의 목소리에 귀를 기울이고 있다고 말했다. 한동안 쏘리는 할머니가 정말로 그들의 목소리를 들었는지도 모른다고 생각했다.

할머니는 아버지와도 이야기를 나누었을까? 할머니는 말하려 하지 않았다.

1946년 1월 초에 미국 국방부의 몇 가지 훈령으로 시작된 일이
결국에는 250척이 넘는 배와 150대가 넘는 항공기,
42,000명의 인원, 25,000대의 가이거 방사선 계수기,
수백 대의 스틸 카메라와 영화 카메라가 동원되는 엄청난 사태로 번졌다.

전 세계에서 약 160명의 기자가 비키니를 향해 떠날 예정이었다.

4

다시 해가 떠올라 밤이슬을 말리고, 먼 수평선 위에 여느 때처럼 솜털구름이 떠돌 때, 쏘리와 아브람은 카누를 몰고 섬너호로 다가갔다.

그들은 허락을 받은 뒤 부교 옆에 카누를 붙들어 맸다. 쏘리는 섬너호를 찾아온 이유를 몰랐다. 외삼촌은 쏘리에게 어떤 정보도 주려고 하지 않았다.

아브람은 바다와 하늘처럼 활짝 열려 있을 때도 있었고, 조개처럼 닫혀 있을 때도 있었다. 오늘 아침에는 조개였다.

아브람은 현문 경비를 맡고 있는 하사관과 이야기를 나누었다. 그는 갑판 장교를 만나게 해 달라고 요구했다. 갑판 장교는 갑판원들을 지휘하고, 갑판을 유지 보수하는 책임을 지고 있었다.

"이유가 뭐요?"

하사관이 물었다.

"건물 몇 채를 해체할 예정인데, 롱게리크로 가져갈 기둥에 표시를 하려면 붉은 페인트가 좀 필요합니다."

아브람은 현문에서 오간 대화를 나중에 말해 주었다.

헤이스팅스 대위는 교회와 마을 회관을 해체하여 새로운 섬으로 나르는 것이 좋겠다고 판단했다. 두 건물은 공동체 생활의 일부였고, 향수병을 이기는 데에도 도움이 될 터였다. 그래서 대위는 미군이 모든 면에서 협력하겠다고 주다 추장에게 약속한 바 있었다.

하사관은 어깨를 으쓱하더니 스피커에 대고 말했다.

"갑판 장교님, 후갑판으로! 갑판 장교님, 후갑만으로!"

갑판 장교는 페인트 보관실을 담당하고 있었다.

쏘리는 대갈못이 박힌 선체를 끝에서 끝까지 바라보면서 이 배를 탈 수 있다면 얼마나 좋을까 하고 생각했다. 백인의 배에 있는 물건들을 가까이에서 볼 수 있다면 얼마나 좋을까. 음식 냄새가 풍겨 왔다. 쏘리는 수병들이 오늘은 무엇을 먹을지 궁금했다. 냄새는 해변의 모닥불 구덩이에서 나는 냄새와는 전혀 달랐다.

곧 땅딸막한 사내가 나타났다. 노란 머리털이 모자 밑으로 삐죽 나오고, 짧은 소매의 황갈색 옷깃 사이에서도 가슴 털이 삐져나와 있었다. 팔뚝에는 문신이 새겨져 있었다. 그가 눈살을 찌푸리고 물었다.

"누가 나를 보자고 했나?"

현문 경비를 맡은 하사관은 맨발에 가슴을 드러낸 채 바짓가랑이를 말아 올린 작업복 차림으로 미소를 지으며 부교 위에 서 있는 아브람을 가리켰다.

갑판 장교는 의아한 눈길을 아브람한테 던졌다가 카누에 남아 있는 쏘리 쪽으로 옮겼다. 그리고 중얼거렸다.

"그래서?"

아브람은 하사관에게 했던 말을 되풀이했다. 기둥을 표시하는 데 쓸 페인트가 필요하다고.

"얼마나?"

"페인트 10갤런과 붓 두 자루면 됩니다."

"5갤런만 주지."

땅딸막한 노랑머리 사내는 말을 멈추고 머리를 긁적거렸다. 그러고는 덧붙였다.

"까짓것, 좋아. 10갤런 주지. 이 낡아 빠진 배는 노퍽(미국 버지니아 주 체서피크 만 어귀에 있는 항구 도시)에 돌아가면 퇴역할 거야. 그 다음에는 고철 하치장으로 가겠지. 그런데 내가 뭐하러 신경을 쓰겠어?"

사내가 몸을 돌리려 하자 아브람이 공손하게 불러 세웠다.

"이건 장교님께 드리는 선물입니다."

아브람은 등 뒤에서 아름답게 염색한 판다누스 깔개 두 개를 꺼냈다. 쏘리의 어머니가 만든 작품이었다.

갑판 장교는 아브람이 건네는 깔개를 받으면서 말했다.

"고맙네."

"섬에 한번 오세요. 야자 술을 대접하겠습니다."

아브람이 말했다.

수병 하나가 5갤런짜리 붉은색 연단 두 통을 들고 나타났다. 연단은 해군 선박을 애벌칠할 때 쓰는 안료였다. 수병은 가파른 계단을 천천히 내려와 붓 두 자루와 함께 연단을 아브람에게 건네주었다.

"뭘 칠할 작정이세요?"

쏘리가 물었다. 기둥에 표시를 하는 데 10갤런이나 필요할 리는 없었다. 붓에 한 번 듬뿍 묻힐 수 있는 양이면 충분했다.

"때가 되면 알게 될 기야."

잠시 후 카누는 해변으로 돌아가고 있었다.

"나는 우리가 미군과 거래를 하고 있다고 생각해."

"그게 무슨 뜻이에요?"

"우리가 원자 폭탄에 대해 더 많은 것을 알아낼 수도 있다는 뜻이지. 헤이스팅스인가 하는 대위는 우리한테 말해 주려고 하지 않아. 다른 장교도 마찬가지야. 하지만 하사관은 말할지도 몰라. 하사관은 중요해. 내가 탔던 배에서 일반 선원들이 중요한 역할을 했던 것과 마찬가지지."

카누는 섬을 향해 미끄러져 나갔다.

"그런데 붉은 페인트가 왜 그렇게 많이 필요해요?"

"나중에 말해 주겠다고 했잖니."

"나는 정말로 삼촌이 미군과 담판을 해서 우리가 여기 남을 수 있도록 다른 초호를 찾아보게 하려는 줄 알았어요. 오늘 아침 군함에 가는 것도 그 때문인 줄 알았고요."

"우리한테는 기자가 필요해. 아직은 기자가 한 사람도 안 왔지만, 라디오에서는 많은 기자가 올 거라고 말했어. 인내심을 가져. 기자들 가운데 일부는 롱게리크로 우리를 찾아올 거야. 그러면 기자들한테 우리 사정을 털어놓을 수 있고, 그들의 도움으로 핵 실험이 중단되면 우리는 이곳으로 돌아올 수 있어."

그게 가능할까? 삼촌이 정말로 그럴 수 있을까? 삼촌은 진지해 보였다. 외삼촌은 배를 타고 돌아다니며 정박한 항구에서 신문을 읽었고, 그래서 바깥세상에 대해 많은 것을 알고 있었다. 삼촌은 백인들이 일을 처리하는 방식에 대해서도 잘 알고 있었다. 삼촌은 백인들이 다른 환초를 선택하게 할 수 있을까?

"시간 여유가 있을까요?"

"그럴 거야. 라디오에서는 5월 말이나 6월 초에 첫 번째 실험이 있을 거라고 말했어. 지금은 겨우 2월이야. 시간은 아직 충분해."

아브람의 말이 입에서 떨어지기가 무섭게 뒤에서 폭발이 일어났다. 그들은 초호 한복판을 돌아보았다. 거대한 물줄기가 분수처럼 치솟았다가 안개처럼 흩어져 내렸다. 정박지에서 장애물을 제거하기 위해 거대한 산호초 하나를 또 박살 낸 것이다.

"미군은 기다리지 않아요. 그렇죠?"

쏘리가 말했다.

아브람도 수면 위에 떠도는 물안개를 뚫어지게 바라보면서 대답했다.
"그래, 미군은 기다리지 않아."
섬에서는 카누 한 척이 죽은 물고기를 주워 모으기 위해 폭발 현장으로 이동하고 있었다.
아브람이 갑자기 얼굴을 찡그리더니 가슴팍을 거머쥐면서 이를 뿌드득 갈았다. 얼굴은 통증으로 일그러지고, 안색은 잿빛이었다.
쏘리가 놀라서 말했다.
"삼촌, 괜찮으세요?"
이브람은 주머니에 넣어 둔 약병에서 알약 두 개를 꺼냈다.
쏘리가 다시 물었다.
"괜찮아요, 삼촌?"
아브람은 거칠게 숨을 몰아쉬면서 고개를 끄덕였다.
그러고는 눈을 질끈 감고 주먹을 움켜쥔 채 꼼짝도 않고 앉아서, 발작이 그치기를 기다렸다.
쏘리는 전에도 이와 똑같은 증상을 본 적이 있었다. 이웃에 살던 조르칸 리나무가 커다란 물고기 한 마리를 끌어당기고 있을 때 발작이 일어났다. 외삼촌보다 나이가 많은 조르칸은 결국 심장 발작으로 죽었다.
통증이 서서히 가라앉자 아브람은 몇 차례 심호흡을 하기 시작했다. 마침내 아브람의 안색이 정상으로 돌아오는 것처럼 보였다.
"그런 일이 자주 일어나요?"

"요즘에는 좀 잦아졌어. 하지만 약을 먹으면 괜찮아져."

아브람은 잠시 쏘리를 바라보다가 말했다.

"그러니까 너는 페인트가 어떻게 기자들을 불러들일지 알고 싶은 거지?"

쏘리는 고개를 끄덕였다.

"나는 이 배와 돛을 빨갛게 칠할 작정이야. 그런 다음, 미국인들이 원자 폭탄을 막 떨어뜨리려고 할 때 비키니 초호로 이 배를 몰고 들어갈 거야. 그들은 나를 보게 될 테고, 그러면 폭탄 투하를 중지하기로 결정할지도 몰라. 신문과 방송 기자들이 그 소식을 대대적으로 보도해 주었으면 좋겠어. '한 사람이 원자 폭탄을 막다.' 그렇게 온 세상에 알려 주었으면 좋겠어……."

쏘리는 꿈을 꾸고 있는 게 아닐까 의심했다. 외삼촌이 혼자 카누를 몰고 원자 폭탄에 맞설 작정이라고? 어쩌면 외삼촌은 '진짜로' 미쳤는지도 몰라.

"나는 라디오를 듣고 폭격기가 언제 올지, 정확한 날짜와 시간을 알아낼 거야. 폭격기의 주요 표적인 전함에는 너무 가까이 가지 않겠지만, 폭격기 승무원들이 볼 수 있을 만큼은 가까이 접근할 거야."

쏘리는 현기증이 났다. 두렵고 정신 나간 소리. 외삼촌은 제정신일까? 혼자서 카누를 타고 원자 폭탄에 맞서겠다고?

"그게 우리가 원자 폭탄을 막을 수 있는 유일한 방법이야. 유일한 방법."

"하지만 삼촌······."

아브람이 한 손을 흔들었다. 거기에 대해서는 더 이상 말하지 않겠다는 뜻이었다.

"사람들한테는 롱게리크에 가서 카누를 칠할 때 말할 거야. 그때까지는 미군이 알면 안 돼."

붉은 페인트 10갤런과 붓 두 자루를 실은 카누가 해변으로 미끄러져 올라가자, 아브람 마카올리에지는 카누 밖으로 나가더니 한마디 말도 없이 앞으로 푹 고꾸라졌다.

쏘리는 외삼촌을 똑바로 눕히면서 큰 소리로 도움을 청했다.

아브람 외삼촌은 그렇게 죽고 말았다.

아브람은 이튿날 아침 마을 묘지에 묻혔다. 할아버지가 장례식을 주관했다. 환초의 아침은 그날도 아름다웠다. 산들바람이 야자나무를 살랑살랑 흔들고, 태양은 눈부시게 빛나고, 하늘은 푸르렀다.

전통에 따라 마을 남자들은 밤새 관을 만들었고, 아브람에게 그가 지녔던 옷 중에서 제일 좋은 흰 셔츠와 바지를 입혔다. 마을 여자들은 무덤가에서 구슬피 울었다. 쏘리도 눈물을 흘리며 흐느껴 울었다. 작은 공동체에서 죽음은 언제나 무서운 상실감을 불러왔다. 마을 사람들은 모두 비탄에 잠겼다.

타라 선생님은 아브람이 대단한 사람이었다고 말했다. 할아버지는 아브람의 지성과 용기에 대해 이야기했다. 아브람은 죽고 싶어 하던 곳, 고향에서 죽었다.

마을 사람들은 '약속의 땅으로 가야 할 운명…….'을 노래했다.

할아버지가 추도 기도를 올릴 때 쏘리는 한 가지 결심을 했다. 외삼촌 대신 카누를 타고, 원자 폭탄이 떨어지는 날 비키니로 돌아가겠다고. 아무도 자원하지 않으면 혼자서라도 가겠다고.

마을 사람들이 모래를 한 줌씩 집어서 무덤 속에 던졌다. 쏘리도 모래를 던졌다. 이어서 관 뚜껑에 못이 박히고, 여자들의 애절한 곡소리가 최고조에 이르렀다. 관이 내려지자 그 위에 꽃이 던져졌다. 할아버지가 마지막 기도를 드렸다.

그날 오후, 쏘리를 비롯한 남자들은 판다누스 나무에서 잎을 따기 시작했다. 아무도 입을 열지 않았다. 여느 때 같으면 쉬지 않고 잡담을 나누었을 것이다. 쏘리의 마음은 외삼촌의 죽음과 외삼촌이 말한 원자 폭탄 저지 계획에 대한 생각으로 가득 차 있었다.

로킬레니와 타라 선생님, 할머니와 어머니는 마을 여자들과 함께 이엉을 엮었다. 여자들은 마을 회관의 깔개 위에 앉아서 일했다. 다른 때 같으면 손가락이 나뭇잎 위에서 춤추듯 움직이는 동안 수다를 떨며 깔깔거렸을 것이다. 하지만 남자들과 마찬가지로 여자들도 착 가라앉아 있었다.

불안과 걱정의 장막이 마을을 내리덮었다. 사람들은 아브람이 없는 것을 아쉬워하게 될 것이다.

온갖 분야의 과학자 500명이
'교차로 작전'에 참여할 준비를 하고 있었다.
그러나 바야흐로 고삐를 풀어 주려고 하는 이 파괴적인 힘이나
그것이 미칠 장기적인 영향을 예측할 수 있는 사람은 아무도 없었다.
관측 팀에는 생물 물리학자, 해물리학자, 생물학자, 동물학자, 지질학자,
지진학자, 기상학자, 혈액학자, 방사선 전문가인 엑스선 학자,
그 밖에도 수십 명의 과학자가 포함될 터였다.
폭탄이 터지기 전과 터진 후의 비키니 환초는 지구상에서
가장 과학적으로 연구되는 628제곱킬로미터의 해역이 될 테고,
모든 연구의 중심은 청록색 초호가 될 것이다.

5

이튿날 아침을 먹은 뒤에 쏘리는 타라 선생님을 찾아갔다.
"저랑 산책하러 가요. 간밤에 한숨도 자지 못했어요."
"나도 못 잤어."

타라 선생님은 이번 주에는 주다 추장네 가족과 함께 지내고 있었다. 선생님은 추장의 코 고는 소리 때문에 밖으로 나와 거의 밤새도록 숲에서 잤다고 했다.

누구에게나 이따금 일어나는 일이었다. 깔개를 챙겨 들고, 야자쥐들이 주위를 돌아다니지 않기를 바라면서 50미터쯤 떨어진 숲으로 들어가는 것이다. 쏘리도 할머니와 할아버지의 코 고는 소리 때문에 가끔 숲에 가서 잠을 잤다.

타라 선생님과 쏘리는 해변을 따라 북쪽으로 걸어갔다. 이윽고 쏘리가 멈춰 서서 선생님의 검은 눈을 들여다보았다.

"삼촌은 카누를 빨갛게 칠해서, 그걸 몰고 비키니로 돌아올 작정이었어요. 미군들이 그걸 보고 폭탄을 떨어뜨리지 않기를 바란 거죠."

타라 선생님은 입을 벌렸지만 아무 말도 나오지 않았다. 아브람이 사람들에게 말한 바에 따르면 원자 폭탄은 지구상에서 가장 파괴적인 무기였다. 그런 무기라면 누구나 수천 킬로미터는 떨어져 있고 싶을 것이다.

마침내 선생님이 말했다.

"아브람이 미쳤구나."

"삼촌은 군정 장관이 여기 왔을 때부터 미군을 막을 방법을 궁리하고 있었어요. 삼촌이 백인들의 항의 방법에 대해 말한 것을 생각해 보세요. 백인들이 무엇을, 어떻게 하는지……. 파업과 시위행진이 신문 1면을 장식하죠. 삼촌은 사람들이 도로 건설을 중단시키기도 했다고 말했어요. 저도 삼촌이 카누를 빨갛게 칠할 생각인 줄은 까맣게 몰랐어요. 카누를 칠해서……."

쏘리는 목이 메었다.

"아브람이 왜 너한테는 이야기하고 나한테는 말하지 않았을까?"

선생님이 미간을 좁히며 말했다.

"그건 저도 몰라요. 삼촌은 우리가 롱게리크에 갈 때까지 아무한테도 말하지 않을 작정이었던 것 같아요. 그런데 섬너호에서 페인트를 얻어서 돌아올 때 카누에서 발작이 일어나자 저한테 말해 준 거죠."

선생님은 고개를 저었다.

"왜 나한테는 말하지 않았을까?"

"선생님 다음으로는 제가 삼촌과 제일 친했죠."

레제 같은 몇몇 마을 사람들은 외삼촌을 좋게 생각하지 않았다. 쏘리는 그들이 외삼촌을 시샘한 거라고 생각했다.

"우리가 서로 사랑하는 사이였다는 건 너도 알지?"

"짐작은 했어요."

"밤에 모두 잠들고 나면 우리는 오랫동안 산책을 하면서 이야기를 나누었어."

"삼촌이 심장병을 앓는 걸 모르셨어요?"

"아브람은 그 이야기도 한 적이 없어. 그래서 그 일로 그렇게 큰 충격을……."

"어젯밤 밤새도록 붉은 페인트와 폭탄에 대해 생각했어요. 이제 삼촌은 이 세상에 없으니까, 제가 대신하려고요."

"뭐라고?"

"우리가 롱게리크로 이주하면, 카누를 붉게 칠해서 이 섬으로 몰고 오겠어요. 삼촌이 계획한 그대로 할 거예요."

"안 돼! 안 돼! 절대 안 돼! 우리가 못하게 할 거야!"

"'우리'가 누군데요?"

"우리 모두. 아브람은 죽었어. 죽음은 그걸로 충분해."

"저는 할 거예요. 반드시 하고야 말 거예요."

쏘리는 조용하지만 단호하게 말했다.

핵 과학자들은 공중 폭발 '에이블' 중심부에서 발생하는 열이
수백만 도에 이를 것으로 추정했다.
폭발의 바깥쪽 표면 온도는 섭씨 12,000도로 예상되었다.

6

 미국인들과 무슨 일이 벌어지고 있든지 간에, 마을의 최우선 관심사는 역시 식량이었다. 그것은 예나 지금이나 늘 마찬가지였고, 마을 사람들이 어디로 이주하든 앞으로도 영원히 그럴 터였다.
 쏘리와 로킬레니는 아침나절에 뼈로 만든 지그 낚시로 흘림낚시를 하고 있었다. 지그 낚시란 짤막한 뼈에 강철 갈고리를 철사로 단단히 동여맨 것이었다. 때로는 길쭉하게 자른 천 조각으로 카누 뒤에 매단 갈고리를 가리기도 했다. 끊임없이 부는 산들바람이 아우트리거가 달린 카누를 8, 9노트의 속력으로 밀어냈다. 꼬치삼치나 다랑어를 유인하기에 딱 좋은 속도였다.
 큰 물고기는 수면에서 움직이는 작은 물체를 무턱대고 공격할 때가 많았다. 카누 뒤에서 색깔이 섬광처럼 번득이고 낚싯줄이 술술 풀려 나가다가 물고기가 갈고리에 단단히 걸리면 낚싯줄이 팽팽하게 당겨진다. 반짝반짝 빛나는 물고기가 분수 같은 물보라를 일으키며 물 밖으로 뛰어오를 수도 있었다.

쏘리는 물고기가 미끼에 걸리기를 기다리면서, 이제 교회도 없고 회관도 없는 마을 쪽을 돌아보았다. 그 건물들은 어제 해체되었다. 기둥도 헐렸다. 타라 선생님은 야자나무 숲 언저리의 모래밭에서 수업을 하고 있었다. 쏘리는 열네 살이 된 2년 전부터 학교에 가지 않았다.

쏘리는 마을을 바라보면서 허탈감을 느꼈다. 갑자기 그들을 강제 이주시키는 미군에 대해 분노가 치밀었다. 헤이스팅스 대위는 보름 뒤인 3월 첫 주말에 이주가 이루어질 거라고 주다 추장에게 말했다.

어쩌면 폭탄이 투하되기 직전에 '모든' 카누를 다시 비키니 초호로 몰고 와야 하지 않을까? 그들은 이렇게 외칠 수도 있을 것이다.

"폭탄 투하를 중지하라. 아니면 우리를 모두 죽여라. 우리한테서 고향을 빼앗았으니, 이제 우리를 전부 죽여라."

이 구호를 기자들이 신문에 보도하게 해야 한다.

쏘리는 외삼촌의 계획을 어떻게 추진할 것인지 궁리를 거듭했다. 카누를 온통 꽃으로 장식할 수도 있을 거야. 꽃은 평화의 상징이지. 목에는 화환을 걸고 머리띠처럼 화관을 두르고 초호로 들어가는 거야. 마을 사람들이 다 함께 할 수도 있어!

로킬레니가 해안을 돌아보면서 물었다.

"우리 집은 언제 허물어?"

"떠나는 날 아침에."

쏘리는 멍하니 대답했다.

벽을 해체해서 다발을 짓는 데에는 한 시간도 걸리지 않을 것이다. 낡은 지붕 이엉은 남겨 두고 갈 작정이었다. 백인들에게는 섬사람들의 집이 우스꽝스러워 보이겠지만, 열대 지방의 생활에는 식물성 재료로 지은 단칸 오두막이 안성맞춤이었다.

"뼈대는 어떻게 해?"

로킬레니가 물었다. 섬의 가옥에서 항구적인 부분은 뼈대뿐이었다.

"대위는 필요한 목재를 모두 새것으로 제공하겠다고 말했어. 그들은 바닥에다 마루를 깔고, 벽에는 천막을 두르고, 지붕에는 범포를 덮을 거야. 하지만 범포 지붕은 아무 소용도 없을 거야. 우리는 오랫동안 이엉 밑에서 잠을 잤어. 범포는 열을 밖으로 내보내지 않으니까 집이 화덕처럼 되어 버릴 거야."

하지만 쏘리의 마음은 새집이 아니라 다른 데 가 있었다.

로킬레니가 웃으면서 말했다.

"그들이 지붕에 씌워 준 범포를 돛으로 쓰면 돼."

"그래, 좋은 생각이야. 그들이 주는 건 뭐든지 이용하는 거야."

"나는 마루 위에서 자고 싶은지, 그것도 잘 모르겠어. 왜 백인들 때문에 잠자리를 바꿔야 해?"

로킬레니가 말했다. 모래 위에 산호 자갈을 깔고 그 위에 거적을 깐 잠자리는 아주 좋았다.

'맞아. 왜 백인들 때문에 바꿔야 하지? 굳이 할 필요도 없는 일을

왜 백인들 때문에 해야 해?'

쏘리는 말없이 동의했다.

'백인들이 폭탄을 떨어뜨리기로 계획한 날, 마을 사람들이 다 함께 비키니로 돌아오는 거야. 백인들도 카누 한 척은 못 볼 수 있겠지만, 카누 여덟 척은 틀림없이 볼 거야. 여자와 아이들도 볼 거야. 그러면 라디오와 신문 기자들한테 큰 기삿거리가 될 거야.'

잠시 후, 카누의 고물에 돌돌 말아 둔 낚싯줄이 핑 하고 날아가더니 팽팽하게 당겨졌다. 꼬치삼치의 가느다란 몸이 30미터 뒤쪽에서 공중으로 솟아오르자 낚싯줄이 바르르 떨었다. 꼬치삼치는 다시 물속으로 떨어졌다. 오누이는 물고기에 정신이 팔려 잠시 롱게리크를 잊었다.

미군이 여기저기서 바쁘게 일하고 다른 배들이 도착하기 시작하자, 환초 주위에서는 날마다 변화가 일어났다. 아브람의 죽음도 또 다른 변화를 가져왔다. 타라 선생님이 통역이 된 것이다.

타라 선생님은 영어를 연습하려고 아브람과 영어로 대화를 나누었지만, 아브람만큼 영어를 잘하지는 못했다. 하지만 주다 추장이 헤이스팅스 대위나 이런저런 이유로 섬에 상륙하는 수병들을 상대할 때 도와줄 수 있을 만큼은 영어를 할 수 있었다.

타라 선생님은 미군 방송을 듣고 메모한 다음, 저녁에 마을 사람들에게 전달하는 역할도 맡았다. 물론 오전에는 학생들을 가르쳤다.

'에이블' 폭발 현장에 가장 가까이 있게 될 사람들을 위해
6,000개의 보안경이 주문되었다.
보안경을 갖추지 않은 사람은
폭탄이 떨어지기 몇 초 전에 비키니 섬을 등지고 떨어져서
눈을 감고 두 팔로 얼굴을 감싸라는 지시를 받았다.
지시에 따르지 않으면 일시적으로 눈이 멀 수도 있었다.

7

오른쪽 어깨에 범포로 만든 배낭 세 개를 둘러메고, 총신이 긴 이상한 모양의 권총을 든 개리슨 박사가 상륙정에서 뛰어내렸다. 반바지와 티셔츠 차림에 해군용 야전 군화를 신은 개리슨 박사는 원자 폭탄과 관련해 섬에 상륙한 최초의 민간인이었다. 박사의 허리춤에는 수통 하나가 가죽끈으로 묶여 있었다. 희끗희끗한 머리에 색안경이 인상적이었다.

상륙정이 다가오는 것을 보고 사탕이나 과자를 기대하며 달려 나온 아이들에게 박사가 마셜 어로 말했다.

"나는 타라 마롤로라는 여자 분을 찾고 있다."

로킬레니와 쏘리도 상륙정이 다가오는 것을 보고 해변으로 내려와 아이들과 합류했다. 아이들의 눈이 권총으로 쏠렸다.

"나는 타라 마롤로를 찾고 있다."

백인이 같은 말을 되풀이했다.

"우리말을 할 줄 아시네요."

쏘리가 말했다.

백인이 빙긋 웃었다. 아버지처럼 친절하고 인자한 얼굴이었다.

"노력하고 있지. 워싱턴에서 기차를 타고 샌프란시스코로, 거기서 다시 배를 타고 하와이로, 그리고 배를 두 번 더 갈아타고 어제 여기 도착할 때까지 밤낮으로 마셜 어를 공부했단다. 섬너호에서 타라 마롤로와 접촉해 보라는 말을 들었어."

쏘리는 어제 연안 경비대의 보급선이 도착해 섬너호에 묶여 있는 것을 보았다.

"영어를 할 줄 아니?"

백인이 물었다.

"조금요. 저도 배우고 있어요."

쏘리가 대답했다.

"그럼 너희 말로 이야기하자. 나는 존 개리슨이야."

"제 이름은 쏘리예요. 얘는 제 누이동생 로킬레니고요. 우리가 타라 선생님한테 모셔다 드릴게요."

개리슨 박사는 재잘거리는 아이들을 앞세우고 해변을 따라 주다 추장네 집으로 갔다. 이제는 방문객이 너무 많아서, 어른들은 새로 온 사람들에게 관심도 기울이지 않았다. 아이들을 거느린 개리슨 박사가 주다 추장네 집에 도착했을 때, 타라 선생님과 헤이스팅스 대위와 추장 사이에 한창 말다툼이 벌어지고 있었다.

"우리가 2년 뒤에 이곳으로 돌아올 수 있다고 보장하는 서류에 서명을 받으세요. 그렇게 약속했잖아요."

타라 선생님이 주다 추장에게 말했다.

마셜 어를 한마디도 알아듣지 못하는 대위는 차츰 짜증을 내기 시작했다. 게다가 대위는 여자를 상대하는 데 익숙지 않았다. 대위의 카키색 군복 상의는 땀으로 얼룩져 있었다.

개리슨 박사는 쏘리 오누이와 함께 1, 2미터 떨어진 곳에 서서 고개를 갸웃한 채 열심히 귀를 기울였다.

쏘리는 나중에야 헤이스팅스 대위가 주다 추장을 만나러 온 이유를 알았다. 이주할 마을을 건설하기 위해 많은 화물을 운반할 수 있는 상륙정이 며칠 안으로 와서 사람과 건축 자재와 장비를 롱게리크로 실어 갈 예정이라고 알리러 온 것이다.

주다 추장이 타라 선생님에게 말했다.

"이제 와서 백인들에게 무언가를 요구하기는 너무 늦었어요."

"아니에요. 절대 늦지 않았어요."

아브람의 역할을 이어받은 타라 선생님이 고집을 부렸다.

헤이스팅스가 끼어들었다.

"두 사람이 무슨 이야기를 하고 있는지는 모르지만, 건설 작업을 도와줄 사람들이라면 당신들이 원하는 만큼 보낼 수 있습니다."

타라 선생님이 그 말을 통역했다.

해군 건설대는 벌써 이주할 마을의 설계를 마친 상태였다.

"물론 당신들이 살 집을 짓는 거니까 당신들도 도와야 합니다."

헤이스팅스 대위가 말했다.

타라 선생님이 영어로 퉁명스럽게 대꾸한 뒤 말했다.

"우리가 2년 뒤에 여기로 다시 돌아올 수 있다고 보장하는 서류에 대위님의 서명을 받는 문제를 이야기하고 있어요."

"나는 어떤 서류에도 서명하지 않을 거요. 이 섬은 이제 우리 거요. 미국의 점령지란 말입니다. 우리는 이 섬을 일본으로부터 빼앗았어요. 그러니 당신들은 우리가 시키는 대로 해야 합니다."

헤이스팅스가 말했다.

타라 선생님이 대위를 노려보다가 침착하게 말했다.

"우리가 떠나기를 거부하면 어떡할래요?"

헤이스팅스는 숨을 한 번 깊이 들이마셨다.

"그렇다면 마을 사람들을 모두 상륙정으로 끌고 갈 거요. 한 사람도 빠짐없이 전부 다! 정말이오!"

타라 선생님이 주다 추장에게 그 말을 통역한 다음 말했다.

"그래요? 총으로 위협해서 말인가요?"

타라 선생님은 언쟁을 즐기고 있는 듯했다.

헤이스팅스는 얼굴을 붉히고 분노를 가라앉히려고 애썼다.

개리슨 박사가 소강상태를 이용해 끼어들었다.

"실례합니다. 나는 존 개리슨이라고 합니다. 섬너호에서 타라 마롤로와 접촉하라는 말을 들었습니다."

"제가 타라 마롤로예요."

두 사람은 악수를 나누었다.

개리슨이 주다 추장에게 자신을 소개했다.

"나는 스미스소니언 협회에 부설된 국립 박물관에서 왔습니다. 앞으로 몇 달 동안 비키니 환초 전역을 돌아다니면서 조류와 해양 및 육상 생물의 표본을 채집하고 '이전과 이후'를 연구할 겁니다."

"권총은 왜 가져오셨어요?"

타라 선생님이 박사에게 물었다. 과학자들은 대개 총을 가지고 다니지 않았기 때문이다.

개리슨 박사가 소리 내어 웃었다.

"새를 쏘려고요. 내가 직접 만든 총입니다. 이 총에 끼우는 총신이 이것 말고도 세 개가 더 있지요. 나는 모든 야생 동물의 표본을 적어도 세 점 이상 채집할 작정입니다. 그리고 폭탄이 터진 다음 반년 뒤에 다시 돌아와서 야생 동물의 건강 상태를 비교할 겁니다. 나는 그저 당신들한테 내가 온 것을 알려 주고 싶었을 뿐입니다."

"도움이 필요하시면 저를 찾아오세요. 북쪽에 있는 난틸 섬에 가시면 새를 더 많이 찾을 수 있을 거예요."

타라 선생님이 방긋 웃으면서 말했다.

개리슨 박사는 타라 선생님에게 고맙다고 말하고 비키니 섬을 탐험하러 갔다. 박사는 비키니 환초를 찾아올 수십 명의 과학자 가운데 첫 번째 사람이었다. 쏘리와 로킬레니는 박사가 묘하게 생긴 권총을 어떻게 쏘는지 보고 싶어서 그를 따라갔다.

쏘리가 개리슨 박사를 따라 몸을 돌리는 순간 타라 선생님이 헤이스팅스 대위에게 말하는 것이 들려왔다.

"대위님, 아직 총에 대한 질문에 대답하지 않으셨어요."

공중 폭발용과 수중 폭발용 원자 폭탄 두 발이
로스앨러모스 연구소에서 조립되었다.
이 연구소는 1945년에 트리니티에서 시험 폭파된 폭탄과
일본에서 실제로 투하된 폭탄을 제작한 곳이었다.
새로 조립된 폭탄들은 콰잘린 섬으로 가는 배에 실리기를 기다리고 있었다.

'교차로'라는 작전명은 실로 적절했다.
이 작전과 함께 과학은 핵 시대로 가는 문을 열었고,
인류는 핵의 평화적 이용으로 이어지는 길과
지구 전체의 죽음과 파괴로 이어지는 길이 엇갈리는
교차로에 서 있었다.

8

 이튿날 해질녘에 쏘리와 로킬레니는 마을 회관이 있었던 모래밭에 앉아, 타라 선생님이 중계해 주는 그날의 뉴스에 귀를 기울이고 있었다.
 "콰잘린의 군사 방송은 거기에 대해 별로 언급하지 않고 있지만, 호놀룰루 방송은 항의가 시작됐다고 말하고 있어요."
 타라 선생님은 미군 방송에 이어 NBC-호놀룰루 단파 방송에 다이얼을 맞추었다.
 "사람들이 대통령과 국방부, 상원 의원, 하원 의원들에게 편지를 쓰고 있어요. 원자 폭탄을 떨어뜨리지 말라고 요구하는 신문도 있어요. 실험해 봤자 아무것도 증명되지 않을 테니까 핵 실험을 취소하라고 주장하는 과학자들도 있고요. 원자 폭탄이 가져올 파괴와 죽음은 이미 알려져 있어요. 우리 섬에 대한 이야기도 많이 나오고 있어요."
 "실험이 취소될 수도 있단 말인가요?"

쏘리의 어머니가 물었다.

"저는 라디오에서 들은 말을 그대로 전하고 있을 뿐이에요. 하지만 많은 사람이 항의하면 미군은 아마 실험을 연기하거나 중지할 거예요. 아직 기회는 있어요."

"그건 희망 사항일 뿐이야."

레제 이지리크가 날카롭게 말했다.

"희망을 가져 봤자 아무 소용도 없어요, 타라."

주다 추장이 말했다.

"선생님이 사실을 전하고 있는지, 우리가 어떻게 알아요?"

레제가 물었다.

"이리 와서 직접 들어 보세요."

타라 선생님이 차분하게 대답했다. 레제는 영어를 한 마디도 알아듣지 못했다.

뉴스 방송은 몇 분 뒤에 끝났다. 레제와 몇 사람을 빼고는 거의 모든 사람이 아직도 기적 같은 일이 일어나 고향을 떠나야 하는 끔찍한 시간이 늦추어질지 모른다는 희망에 매달려 있었다. 할아버지는 해질 녘에 기도회를 열어 하느님께 마을을 구해 달라고 기도했다.

2월 25일, 마셜 제도 전투에 참가했던 100미터 길이의 상륙정이 해변으로 올라왔다. 뱃머리의 문이 활짝 열리고 로딩 램프(하역용 경사로)가 내려졌다. 쏘리는 LST-1108호 같은 배는 한 번도 본 적이 없었다. 덩치 크고 꼴사나운 배였다.

그날은 마을 사람들이 마침내 굴복하여 주어진 운명을 받아들이고, 미 해군과 미국 정부의 거대한 힘을 인정한 날이었다. 레제의 말 마따나 상황이 달라질 수도 있다고 생각한 그들이 어리석었다.

1108호는 롱게리크 섬에서 한 달 동안 지낼 수 있는 식량을 싣고 왔다. 담수 3만 갤런(약 11만 리터), 연장, 목재, 시멘트, 천막 뼈대, 스물여섯 채의 건물에 깔 마루도 실려 있었다. 저수조를 만들 골 철판을 비롯해 섬사람들이 난생처음 보는 물건도 많았다. 미군은 못과 시멘트까지 모든 것을 책임지고 준비했다. 마을 사람들은 어리둥절했다.

쏘리는 여자들이 새로 엮은 판다누스 이엉을 나르는 일을 거들었다. 해체된 교회와 마을 회관 건물은 거적과 함께 하갑판으로 들어갔다. 로킬레니와 쏘리는 함께 일하면서도 거의 말을 나누지 않았다.

늦은 오후에 1108호 상륙정은 로딩 램프를 들어올리고 뱃머리의 문을 닫았다. 디젤 엔진이 연기를 내뿜으며 프로펠러 두 개를 돌리기 시작했다. 배는 모래밭에서 바다로 후진했다. 남자 스물두 명이 일주일 동안 롱게리크에 가서 해군 건설대의 작업을 돕겠다고 자원했다. 그들은 뱃머리의 함포 옆에 서서 굳은 얼굴로 손을 흔들었다.

다른 사람들은 모두 1108호가 떠나는 것을 보려고 해변에 서 있었다. 그들은 배의 형체가 멀리 사라질 때까지 지켜보았다.

쏘리는 저 배를 타고 함께 갔더라면 좋았을 걸 하고 잠깐 생각했다. 다른 사람들은 어떤지 모르지만, 쏘리는 비키니 섬에서 마지막 날들을 보내는 심정이 몹시 착잡하고 복잡했다. 그는 미국인들과 그들이 가져온 물건들에 압도당했다. 쏘리는 외삼촌처럼 그것을 냉정하게 평가할 수 없었다. 쏘리는 1108호를 타고 롱게리크가 아닌 미국으로 가고 싶었다.

쏘리와 로킬레니는 개리슨 박사에게 섬 여기저기를 안내해 주었다. 묘지와 아브람의 새 무덤, 일본군 막사와 일본군 병사들이 자결한 벙커를 보여 주며 섬의 한쪽 끝에서 반대쪽 끝까지 걸은 뒤 오누이는 박사의 조수가 되었다. 불가사리와 성게, 해삼, 새우, 게, 그 밖에 초호 연안과 보초 위에서 찾을 수 있는 모든 생물의 표본이 박사의 배낭 속으로 들어갔다.

"왜 이런 일을 하시는 거예요?"

쏘리가 물었다.

"우리는 원자 폭탄에서 나오는 방사능이 환초 생물에 어떤 영향을 미칠지 알고 싶어. 물고기와 갑각류, 새, 식물, 산호 들에게 무슨 일이 일어나는지 알면, 과학은 핵무기와 함께 사는 미래에 대한 몇 가지 질문에 대답할 수 있을 거야."

"저는 이해가 잘 안 가는데요."

개리슨 박사는 잠시 생각하고 나서 입을 열었다.

"물론 방사선은 눈에 보이지 않아. 눈으로 볼 수도 없고, 들을 수도 없고, 냄새를 맡을 수도 없어. 하지만 일단 방사선이 몸에 들어오면

중병에 걸릴 수도 있고, 심지어는 죽을 수도 있지. 그건 방사선에 얼마나 노출되느냐에 달려 있어. 백혈병이라는 말을 들어 본 적이 있니?"

쏘리는 고개를 저었다.

"그건 혈액에 생기는 병이야. 백혈구는 어떤 조건에서는 걷잡을 수 없이 무한정 늘어날 수 있어. 특히 아이들한테 치명적인 암이지. 하지만 백혈병에 면역이 되는 나이는 없어. 오랫동안 방사선 치료를 받거나 핵폭발 같은 특별한 상황에 노출되어도 백혈병에 걸릴 수 있지."

쏘리는 아직도 잘 이해할 수가 없었다. 백혈구라고? 쏘리는 백혈구라는 게 있는 줄도 몰랐다.

"그런 일이 우리한테도 일어날까요?"

"천만에. 너희는 여기 없을 테니까. 하지만 물고기와 식물과 나무는 씨까지도 병에 걸릴 수 있어. 낙진이라고 부르는 게 있는데, 핵폭발로 생긴 작은 방사능 물질이 대기 중에서 떨어지는 거야. 미세한 낙진은 초호의 해초 속으로 들어갈 수도 있어. 물고기가 그 해초를 많이 먹으면 병에 걸릴 수도 있지. 그런 물고기는 열과 빛을 낼 거야. 그런 물고기를 먹으면 사람도 병에 걸려."

쏘리는 이제야 외삼촌이 그토록 걱정한 이유를 분명히 알았다. 오염된 물고기를 먹는다고? 쏘리는 슬픈 얼굴로 말했다.

"미군이 여기에 폭탄을 떨어뜨리지 않으면 좋겠는데."

개리슨 박사는 평화로운 초호와 살랑거리는 야자나무 잎과 아름다운 섬을 둘러보았다.

"나도 부분적으로는 너와 동감이야. 하지만 과학자로서는 동의하지 않아. 나는 물고기와 식물과 나무에 무슨 일이 일어날지 알고 싶어……."

어느 날 오후, 쏘리가 물가에서 개리슨 박사를 잠깐 불러 세웠다.
"타라 선생님은 박사님이 원자 폭탄에 대해 많이 안다고 하셨어요."
"사실은 아주 조금밖에 몰라."
"미국이 첫 번째 원자 폭탄을 실험했을 때 사람들이 얼마나 멀리 떨어져 있었는지 아세요?"
"약 10킬로미터라고 들었다."
"그 때문에 죽거나 다친 사람은 없나요?"
개리슨 박사는 고개를 저었다.
"아마 없을 거야."
"미국은 여기 있는 배들 위에 폭탄을 떨어뜨릴 건가요?"
"그래. 하지만 그중에서도 특히 전함인 네바다호를 겨냥해서 떨어뜨릴 거야."
"비행기는 아주 높이 올라갈까요?"
"8킬로미터 상공까지 올라간다고 들었어."
"그렇게 높은 곳에서 어떻게 전함을 봐요?"

"고성능 조준기가 있으니까. 네가 그렇게 흥미를 가져 주니 기쁘구나."

쏘리는 비행기를 타고 롱게리크에 다녀오면서 공중에서는 사물이 훨씬 잘 보인다는 것을 알았다. 하늘에서는 다랑어 떼가 움직이는 것도 보였다. 폭격기에 탄 사람들도 아래쪽 초호에 있는 그를 볼 수 있을 것이다.

"고맙습니다. 내일 아침 이리로 올게요."

"도와줘서 고맙다."

개리슨 박사가 빙그레 웃으면서 말했다.

1941년 12월 7일,
일본의 진주만 기습 때 폭격당하고 해변에 올라앉았던
전함 네바다호의 선체는 선명한 주홍빛 페인트로 칠해졌고,
주갑판 가장자리에는 하얀 줄무늬가 그려졌다.
네바다호는 말끔히 수리되고 장비를 새로 갖추어
제2차 세계 대전에 참전했다.
이제 35세가 된 이 전함은
표적 함대의 중심에서 '영점 과녁'이 될 것이고,
공중에서 투하된 폭탄은 그 전함의 굴뚝 위에서 폭발할 것이다.

9

그날 이른 아침 쏘리는 개리슨 박사를 배에 태워 난틸 섬으로 건너갔다. 박사는 정오까지 그 묘하게 생긴 총으로 일곱 종류의 새를 잡았다. 섬너호의 요리사들은 날마다 박사에게 점심 도시락을 싸 주었는데, 박사는 항상 쏘리와 로킬레니 몫으로 여분의 도시락을 마련해서 가져왔다. 하지만 로킬레니는 그날 아침 학교에 가느라 함께 오지 못했다.

점심을 먹으면서 개리슨 박사가 말했다.

"사람을 실험할 수는 없으니까 동물을 이용할 거야."

박사는 몇 달 뒤 '노아의 방주'처럼 동물을 실은 특별 수송선이 도착할 거라고 말했다. 그 동물들은 인간을 대신해 실험 대상이 될 터였다. 미군은 항상 이상한 일을 한다고 쏘리는 생각했다.

"돼지는 털과 피부가 사람과 비슷해서, 그리고 염소는 체액이 사람과 비슷해서 실험 대상으로 선정되었지."

"죽을까요?"

"갑판 위에 있는 동물들은 폭탄이 터지자마자 죽겠지. 나머지 동물들은 방사선에만 노출될 테고, 나중에 의사들이 연구할 거야. 격실 안에 있는 동물들은 전혀 해를 입지 않을 수도 있어."

박사는 동물들을 수송선에 싣고 와서 폭탄이 떨어지기 며칠 전에 스물두 척의 표적 함대로 옮길 거라고 말했다. 동물들은 수병들을 대신해서 전함의 통상적인 전투 위치에 배치될 터였다.

"흰쥐는 기관실과 생활 구역에 배치될 거야. 국립 암 연구소는 암에 걸리기 쉬운 특수 흰쥐와 암에 저항력을 가진 것으로 보이는 흰쥐를 공급하고 있어. 공중 폭발이 끝나면 흰쥐들을 다시 워싱턴으로 가져가서 연구하고 번식시킬 거야. 일부는 두 번 다시 번식을 못할지도 모르지."

"볼 수도 들을 수도 없고 맛을 볼 수도 없다는 그 독 때문에 말인가요?"

박사는 고개를 끄덕였다.

"그래. 방사선."

"동물들을 죽이지 않고 다른 방법으로 실험할 수는 없나요?"

"불행히도 그건 안 돼. 하지만 이번 실험은 나한테는 정말로 흥미로워. 돼지들 가운데 일부는 몸에 섬광 방지 용액을 바르고 함포병의 섬광 방지용 슈트를 입게 될 거야. 염소들 가운데 몇 마리는 털을 민

다음 크림을 바를 거고. 방사선에 노출된 염소를 치료하기 위해 염소 혈액 은행에 염소 피가 수집되고 있어."

"동물들은 배에 자유롭게 풀어 놓나요?"

"아니. 쥐와 생쥐와 기니피그는 철망 우리에 가두어 둘 거야. 육천 개가 넘는 철망 우리가 만들어지고 있어. 돼지와 염소는 우리에 넣을 거야. 미군은 건초를 만 톤 이상 사들일 예정이야."

쏘리는 기니피그라는 동물에 대해 들어 본 적이 없었다. 다른 동물들 중에도 몇 종류는 난생처음 들어 본 동물이었다. 비키니 섬에는 흰쥐가 없었다. 하지만 동물들이 방사선에 노출된다는 생각을 하면 끔찍했다.

"우리가 상상할 수도 없는 일이 여기서 일어날 거야. 폭격기 타입의 대형 비행기들이 조종사 없이 방사능 구름을 뚫고 날아갈 거야. 사람이 타지 않은 채 에니웨토크까지 날아갔다가 돌아오는 거지."

"어떻게 그럴 수 있어요?"

"무선 원격 조종으로."

개리슨 박사는 잠시 말을 끊었다가 계속했다.

"전쟁은 끔찍한 것이지만, 과학과 의학, 무기, 통신, 심지어는 식품에도 온갖 진보를 가져오지. 그리고 지난 10년 동안 전자 전송으로 화면이 움직이는 텔레비전이라는 통신 방식이 완성되었는데 이번 실험에는 그걸 이용하게 될 거야."

"영화가 아니고요?"

쏘리와 로킬레니는 섬너호의 후갑판에서 난생처음 영화를 보았다.

"영화긴 하지만 좀 달라. 5, 6년 뒤에는 가정에서도 텔레비전을 보게 될 거라는 기사를 읽은 적이 있어."

"여기 환초에서도 텔레비전을 볼 수 있을까요?"

"아주 오랫동안은 볼 수 없을 거야."

쏘리는 속이 상해서 말했다.

"왜 세상은 우리를 뒤에 남겨 놓고 그렇게 멀찌감치 앞서 가 버렸죠?"

"네가 살고 있는 곳이 외지기 때문이야. 하지만 어떤 면에서 너는 운이 좋았다고 할 수 있어. 많은 사람들이 이런 섬에 살고 싶어 하지만 실제로 이런 섬에서 살 수 있는 사람은 드물거든. 외딴 섬에서는 다들 굶어 죽을 거야."

"우리가 언젠가는 세상을 따라잡을 수 있을까요?"

쏘리가 눈살을 찌푸리며 물었다.

"나는 따라잡지 않았으면 좋겠구나. 꼭 따라잡아야겠다면 천천히 따라잡았으면 좋겠고. 나는 비행기가 하늘을 날 수 없기를 바란 적도 있었고, 원자 폭탄이 발명되지 않았더라면 좋았을 거라고 생각한 적도 있었어. 그러니 언젠가는 텔레비전이 없어지기를 바랄 때가 올지도 모르지."

개리슨 박사의 말투가 할아버지를 닮아 가기 시작했다.

"어떻게 그런 걸 바랄 수 있어요? 박사님은 과학자인데……."

"내가 평소에 연구하는 대상은 요즘 것들이 아니야. 대부분 백만 년 전의 것들이지."

새를 더 잡아서 배낭에 넣어야 할 때가 되었다.

비키니 섬으로 돌아온 쏘리와 개리슨 박사는 카누 헛간 근처에 나란히 앉아서 박사를 섬너호로 데려갈 상륙정이 오기를 기다렸다.

쏘리는 폭탄이 어디에 떨어지느냐고 물었다.

"내가 알기로는 여기서 5, 6킬로미터 떨어진 곳이야. 그리고 배에서 들은 바로는 네바다호도 거기에 있을 거야."

개리슨 박사가 초호를 가리키면서 대답했다.

"어제 라디오에서는 네바다호 말고도 아흔 척 내지 백 척의 배가 표적이 될 거라고 했어요."

"나도 진주만에서 브리핑을 받을 때 그렇게 들었어. 대형 선박도 몇 척 들여올 거야. 노획한 일본 배와 독일 배들, 항공모함 인디펜던스호와 새러토가호, 잠수함과 구축함 등 온갖 종류의 배들이 동원된다더군."

"단지 폭파시키기 위해서 그 많은 배를 동원한단 말인가요?"

"시험하기 위해서지. 원자 폭탄을 맞고도 여전히 싸울 수 있는지 보려고 말이야. 무슨 일이 일어날지는 아무도 몰라. 원자 폭탄은 무시무시한 물건이야."

쏘리가 진지하게 고개를 끄덕였다.

"미군은 여기서 사람이 죽는 것을 바라지 않아. 히로시마와 나가사키는 모든 사람을 공포로 몰아넣었어. 그 빌어먹을 폭탄을 만든 과학자들 자신도 겁을 먹었지."

"겁을 먹는 게 당연해요."

쏘리는 속으로 나도 겁이 난다고 생각하면서 맞장구쳤다.

"그들은 B-29 폭격기가 투하한 폭탄을 네바다호 150미터 상공에서 터뜨릴 계획이야."

그때 상륙정이 해안으로 다가왔다. 개리슨 박사는 상륙정을 타고 섬니호로 돌아갔다.

해리 S. 트루먼 미국 대통령과 연방 의원들에게 수천 통의 편지가 보내졌다. 비키니 섬은 캘리포니아에서 8,000킬로미터나 떨어져 있었지만 사람들은 '교차로 작전'에 겁을 먹었다.

원자 폭탄이 지구의 지각에 구멍을 뚫어 바닷물이 그 구멍 속으로 쏟아져 들어가면 지구의 자전이 멈추지 않을까? 방사선 때문에 바다 전체가 샛노랗게 변하지 않을까? 원자 폭탄이 대기 중의 산소를 모조리 태워 버리지 않을까? 하와이에 해일이 일어나는 건 아닐까?

미국 해군은 라디오와 신문을 이용해 여론을 설득하기로 했다.

10

 며칠 뒤, 미 해군의 뉴스 영화 제작진이 마을의 마지막 일요 예배를 촬영했다. 이 뉴스 영화는 전 세계 곳곳의 극장에서 상영되어, 관객들에게 비키니 주민들이 핵 실험에 동의한다는 인상을 줄 것이다.

 마을 사람들은 주일에는 항상 옷을 차려입었다. 여자들은 목에 화환을 걸었다. 그날 타라 선생님은 화려한 색깔의 무늬가 날염된 옷을 입었고, 로킬레니는 한 벌뿐인 하얀 드레스를 입었다. 어머니는 작은 자주색 꽃무늬가 찍힌 가장 좋은 드레스를 입었다. 쏘리도 한 벌뿐인 하얀 셔츠와 하얀 바지를 차려입었다. 여자들은 대부분 머리에 빨간 히비스커스 꽃을 꽂았다. 모두 예뻐 보였지만 웃고 있지는 않았다.

 예배는 교회 건물이 있던 자리에서 그리 멀지 않은 곳에서 열렸다. 사람들이 찬송가를 부르고, 할아버지가 성경을 낭독하고 설교를 하는 동안 카메라들이 윙윙 소리를 내며 쉴 새 없이 돌아갔다. 할아버지는 조잡한 벤치와 탁자에서 기도를 이끌었다. 하느님에게 섬을 구해 주고 롱게리크로 이주할 사람들을 안전하게 지켜 달라고 간구하는 기도였다.

예배는 매끄럽게 진행되지 않았다. 뉴스 영화 제작진이 카메라를 이리저리 움직이면서, 통역을 맡은 타라 선생님을 통해 할아버지에게 이리 가라, 저리 가라, 이쪽을 봐라, 저쪽을 봐라, 방금 한 말을 다시 한 번 해 달라 요구했기 때문이다. 할아버지는 당황했고, 쏘리는 화가 났다.

마침내 타라 선생님도 화가 나서 영어로 소리쳤다.

"그만하면 됐어요!"

쏘리는 시간이 째깍거리며 지나가고 있는 것을 느꼈다. 그들에게 남은 시간이 거의 끝나 가고 있었다. 이제 한순간 한순간이 더없이 소중했다. 곧 1108호 상륙정이 해변으로 올라올 것이다.

뉴욕에서 사진 기자 몇 명이 도착했다. 통역을 맡은 타라 선생님은 통역을 하는 동시에 주민들의 주장을 대변하는 한편, 미군이 그들을 어떻게 속였는지를 기자들에게 전하려고 애썼다.

하지만 기자들은 타라 선생님의 설명에 별로 귀를 기울이려 하지 않았다.

타라 선생님이 마을 사람들에게 말했다.

"기자들은 미군이 하려는 일에만 관심을 쏟는 것 같아요. 기자 하나가 저한테 묻더군요. 폭탄이 터지면 우리 섬의 야자나무가 모조리 쓰러질 거라고 생각하느냐고. 그래서 저는 이렇게 대답해 주었어요. 마른 잎은 날아가 버릴지 모르지만 나무는 그냥 휘기만 할 거라고. 기자들은 모두 그런 엉터리 질문만 해 댔어요. 태풍도 야자나무를 쓰러뜨리지는 못해요. 우리가 고향을 잃고 떠나는 데 관심을 가진 기자는 하나도 없어요."

기자들은 며칠 동안 머물다가 비행정을 타고 콰잘린 섬으로 돌아갔다.

타라 선생님은 세계의 거의 모든 신문이 원자 폭탄 실험에 대한 기사를 보도할 거라고 말했다. 더불어 수십 년 동안 문명과 격리되어 있다가 갑자기 현대 속으로 휩쓸려 들어온 작은 마을의 순박하고 어수룩한 사람들에 대한 기사도 나올 것이다. 국제 공중파는 온갖 언어의 라디오 방송으로 가득 찼다. 흑백 뉴스 영화 외에 수천 장의 스틸 사진도 찍혔다.

3월 6일 아침, 마을 사람들은 다시 제일 좋은 옷을 차려입고 모여서 묘지를 깨끗이 청소하고, 마지막 꽃을 꺾어서 무덤들을 장식했다. 할아버지는 고인들, 특히 아브람 마카올리에지를 추모하고 고인들에게 당분간 작별을 고하는 예배를 드렸다. 카메라 플래시가 터지고 영화 카메라들이 돌아갔다. 할아버지가 한창 고인들을 추모하고 있을 때 촬영 기사가 커다란 흰색 묘비 쪽으로 가 달라고 요청했다. 쏘리는 타라 선생님이 화를 참으려고 눈을 감는 것을 보았다.

이어서 섬너호의 상륙정이 와이어트 준장과 몇몇 장교를 싣고 왔다. 군정 장관의 통역인 아자켈도 함께 왔다. 아자켈은 타라 선생님을 무시하고 곧장 주다 추장에게 가서, 군정 장관이 뉴스 영화 촬영을 위해 2월 10일의 장면을 재현하고 싶어 한다고 말했다. 2월 10일은 마을 사람들이 주님에게 기쁨을 드리기 위해 고향 땅을 포기하기로 합의한 날이었다.

주다 추장이 그 요청에 동의하자 타라 선생님은 격분하여 다른 곳으로 가 버렸다.

쏘리는 타라 선생님을 따라갈까 생각하다 그만두었다. 무슨 일이 일어나는지 보고 싶었기 때문이다.

아자켈은 마을 사람들에게 3주 전 일요일에 모였던 장소로 가라고 말했다. 모두 아브람이 말한 '양 떼'처럼 고분고분하게 그곳으로 갔다. 와이어트 준장은 야자나무 줄기 위에 앉았고, 섬에서 가장 나이가 많은 로퀴아르 할아버지는 상자 위에 앉았다. 다른 사람들은 모두 모래밭에 앉았다. 레제 이지리크는 일본군 병사의 모자를 쓰고 있었다.

운명적인 2월 10일의 광경이 미군의 홍보물로 쓰이기 위해 여러 번 재현되었다.

쏘리는 아자켈이 마을 사람들에게 웃으라고 말하는 것을 들었다. 하지만 웃는 사람은 몇 명뿐이었다. 대부분은 모래밭만 내려다보면서 묵묵히 앉아 있었다. 고향 땅에서 쫓겨나는 것을 부끄러워하는 것일까? 아니면 그저 감각이 마비되어 버린 것일까? 쏘리는 알 수가 없었다.

뉴스 영화 제작진은 철수하기 전에 초호에서 노는 아이들, 까르르 웃고 떠드는 아이들, 신나게 놀면서 즐거워하는 아이들을 카메라에 담았다. 웃고 있는 얼굴이 보이기만 하면 당장에 카메라 렌즈가 그쪽으로 돌아갔다. 그런 얼굴이 찍힌 뉴스 영화를 보는 이들은 비키니 섬 사람들이 원자 폭탄 실험을 돕기 위해 자발적으로 고향 땅을 포기했다고 생각할 것이다.

뉴스 영화 촬영을 보면서 쏘리는 아브람 외삼촌이 살아 있었다면 "레디오!"라고 외쳤을 거라고 생각했다. 거짓말쟁이들.

그래서 쏘리는 그렇게 외쳤다.

제53 해군 건설대대의 1,000여 대원들은
3월 초에 비키니 섬에 도착하라는 명령을 받았다.
이들은 제2차 세계 대전 당시
막사에서 비행장까지 온갖 시설을 건설해 이름을 날린 일꾼들이었다.
이들은 불도저와 용접기, 전기톱, 콘크리트 배합기 등을 동원하여
비키니 섬을 핵 실험장으로 바꾸어 버릴 것이다.
그 작업을 지원하기 위해 덤프트럭 20대와 크레인 3대가 상륙할 것이다.

분홍빛 산호 부스러기가 깔린 아름다운 마을 길을 굴러가는 중장비들은
참으로 기묘해 보일 것이다.

11

1946년 3월 7일, 쏘리는 이날 새벽만큼 아름다운 아침을 본 적이 없었다. 할아버지가 식구들을 깨웠다. 쏘리와 로킬레니는 타라 선생님과 어머니, 할아버지와 할머니와 함께 해가 떠오르는 것을 보려고 해변으로 나갔다. 떠오르는 해가 동녘 하늘에 낮게 떠 있는 검은 구름 꼭대기를 황금빛으로 물들이고 있었다. 짙푸른 하늘은 황금 능선에 닿을 것처럼 보였다. 따뜻한 산들바람이 초호에 깃털 장식 같은 하얀 잔물결을 일으키고 있었다.

이윽고 다른 마을 사람들도 황량한 뼈대와 햇볕에 바랜 낡은 지붕만 을씨년스럽게 남은 집에서 나와, 마지막 해돋이를 조용히 바라보았다. 그들은 해가 수평선 위로 높이 떠오를 때까지 해변에 남아 있었다.

환초를 떠나 아일링칸을 보고 싶다는 말을 수없이 되뇌었던 쏘리가 이제는 섬에 남을 수 있기를 간절히 바라고 있었다.

늦은 아침, 섬사람들은 전 재산을 1108호 상륙정에 싣기 시작했다. '덕'이라고 불리는 수륙 양용 트럭이 집이 있던 자리에서 배까지 짐을 날랐다. 아이들은 짐 꼭대기에 올라타고, 평생 추억에 남을 즐거운 시간을 보내고 있었다. 아이들은 소리를 지르고 까르르 웃어 댔다. 그날 오후에 들린 웃음소리는 아이들 웃음소리뿐이었다.

쏘리와 할아버지는 서랍장을 조심스럽게 운반해 화물용 갑판의 안전한 곳에 놓았다. 난틸 섬에서 가져온 아름다운 나무 의자도 따로 운반했다. 나머지 물건들은 대부분 거적으로 싸서 묶었다. 아직 엮지 않은 판다누스 잎도 한 아름씩 안아서 배에 실었고, 저수조에서 뜯어낸 골 철판은 트럭으로 실어 날랐다.

아이들 말고는 모두 바빴다. 미국의 뉴스 영화 제작진도 다시 카메라를 돌렸다. 마을 사람들은 물건이 하나도 남지 않을 때까지 집과 상륙정을 오갔다.

마지막으로 카누들이 실렸다. 거대한 기중기가 카누를 깃털처럼 가볍게 들어 올려 주갑판에 살며시 내려놓았다. 쏘리는 카누를 안전하게 고정시키는 일을 거들었다.

로킬레니가 어렸을 때 어머니가 만들어 준 헝겊 인형이 있었다. 로킬레니는 인형에게 '레일랑'이라는 이름을 지어 주었다. 쏘리와 함께 집이 있던 곳을 마지막으로 둘러보던 로킬레니가 쏘리에게 말했다.

"나는 줄곧 레일랑을 생각하고 있었어. 레일랑을 어디에 두고 가야 좋을지…….."

"레일랑을 왜 두고 가?"

"내 일부를 이곳에 남겨 두고 싶어. 레일랑은 우리가 돌아올 때까지 이 섬을 지켜 줄 거야. 하지만 어디에 놓아두지?"

쏘리는 목이 메이는 것을 느꼈다.

"코코넛 노끈으로 잘 감아서 야자나무 높은 곳에 올려놓는 게 어때?"

달리 할 말이 생각나지 않았다.

"폭탄이 터질 때 니온 바람이 레일링을 날려 보내지 않을까?"

쏘리는 더러워진 낡은 인형을 바라보다가 누이동생의 심란한 얼굴로 눈길을 돌렸다. 쏘리는 한숨을 내쉬며 말했다.

"그럼 골짜기에 놓아두는 건 어때? 그러면 열풍도 레일랑 위를 그냥 스쳐 지나갈 거야."

로킬레니도 한숨을 내쉬며 고개를 저었다. 로킬레니는 인형을 뺨에 대고 눈물을 삼키려고 애썼다.

"울면 안 돼."

로킬레니는 억지로 미소를 지은 다음, 그 자리에 무릎을 꿇었다.

쏘리는 로킬레니가 레일랑에게 작별 키스를 하고 모래에 앉히는 것을 지켜보았다. 레일랑은 벽에 등을 기대고 똑바로 앉았다. 로킬레니는 눈을 빛내며 쏘리를 쳐다보았다.

이윽고 두 시가 가까워졌다. 배에 타야 할 시간이었다. 하지만 상륙정 쪽으로 걸어가던 쏘리네 가족은 할머니가 없다는 것을 알아차렸다. 마지막 짐을 주갑판으로 옮길 때 할머니를 보았으니까 아직 30분도 지나지 않았다. 식구들은 할머니를 부르며 해변을 찾아다녔다. 할머니는 정처 없이 배회하는 버릇이 있었다.

해안에 남아 있던 몇몇 사람도 쏘리네 가족과 함께 할머니를 찾아다녔다.

할아버지가 미간을 좁히며 말했다.

"혹시 그 바위에 간 게 아닐까?"

할머니가 자주 찾아가는 바위는 바다 쪽에 있었다. 할머니는 그 바위 위에 앉아서 바다의 정령들과 교감하곤 했다.

쏘리는 어머니와 타라 선생님과 로킬레니와 함께 골짜기로 내려갔다가 다시 올라왔다. 할아버지는 뒤에 남았다.

곧 바위가 보였다. 하지만 할머니의 가냘픈 모습은 보이지 않았다. 바다 쪽 해변 역시 텅 비어 있었다. 이날은 파도가 제법 높았다. 하얀 술 장식이 파도의 물마루를 이루고 있었다. 파도는 보초에 부딪혀 부서지면서, 하늘을 배경으로 반짝반짝 빛나는 물보라를 쏘아 올렸다.

그들은 한 시간 넘게 보초를 따라가면서 할머니를 찾았지만, 할머니는 흔적도 보이지 않았다. 할머니는 숨은 게 아니었다. 리보크라와 대면하지 않으려고 바다 무덤에 잠들어 있는 당신의 아들, 쏘리의 아버지 곁으로 간 것이다.

가족은 슬픔에 잠겨 조용히 흐느끼면서 서로 끌어안았다.

그리고 천천히 초호로 돌아가 할아버지에게 알렸다. 할아버지는 부들부들 떨면서 보초 쪽을 바라보다가 눈을 감고 속으로 기도를 드렸다.

이윽고 할아버지가 눈을 뜨고 말했다.

"나도 함께 갔어야 하는 건데."

섬너호에 있던 개리슨 박사가 작별 인사를 하러 왔다. 박사는 타라 선생님과 로킬레니와 쏘리에게 작은 선물을 주었다. 배에 있는 매점에서 산 물건이있다.

어머니와 할아버지는 고개를 숙인 채 상륙정에 올랐다.

쏘리와 타라 선생님은 개리슨 박사와 잠깐 이야기를 나누었다.

타라 선생님이 말했다.

"제발 진실을 말해 주세요. 우리가 언제쯤이면 이리로 돌아올 수 있다고 생각하세요?"

개리슨 박사는 천천히 섬을 둘러본 다음, 타라 선생님 쪽으로 눈길을 돌렸다.

"글쎄요. 그건 아무도 모릅니다. 어쩌면 영영 돌아오지 못할 수도 있어요."

박사가 슬픈 얼굴로 말했다.

어쩌면 영영 못 돌아온다고? 이 말을 듣는 순간 숨이 막히고 맥이 풀렸다. 마침내 진실이 드러난 것이다. 그들은 박사가 방금 한 말의 엄청난 무게를 느낄 수 있었다. 어쩌면 영원히 돌아오지 못한다.

두 사람은 간신히 개리슨 박사에게 작별 인사를 하고 악수를 나누었다. 상륙정 쪽으로 걸어가면서 타라 선생님이 쏘리에게 말했다.

"아무한테도 말하지 마. 희망이 있어야 돼."

로딩 램프가 배 안으로 들어가고 뱃머리의 문이 닫혔다. 고물에서 엔진이 우르릉거리기 시작했다. 시동이 걸리자 매캐한 연기가 배를 가로질러 날아왔다. 배는 썰물을 타고 항해할 예정이었다.

개리슨 박사는 모래밭에 모여 있는 장병들 속에 서 있었다. 모두 작별 인사로 손을 흔들고 있었다. 잠시 후 박사는 차마 그 장면을 지켜볼 수 없다는 듯 몸을 돌려 흔적뿐인 마을을 향해 걸어가기 시작했다.

1108호는 곧 후진하기 시작했고, 물이 깊어지자 뱃머리를 돌렸다. 마을 사람들은 대부분 상갑판의 좌현 난간을 따라 늘어서 있었다. 눈물로 흐려진 눈으로 주위를 둘러보던 쏘리는 나이 든 남자들까지도 북받치는 감정과 싸우고 있는 것을 보았다. 고통이 가슴과 목을 움켜잡았다. 사람들은 손으로 입을 틀어막았다.

그때 할머니의 죽음으로 슬픔에 찬 할아버지가 노래를 부르기 시작했다. 다른 사람들도 함께 불렀다.

하느님.
과거에도 오랫동안 우리를 도와주시고
앞으로도 오랫동안 우리의 희망이 되어 주실 하느님.

폭풍우에서 우리를 지켜 줄 피난처이고
우리의 영원한 집인 하느님.

타라 선생님이 손을 뻗어 쏘리의 손을 잡았다. 쏘리는 로킬레니의 어깨에 팔을 둘렀다. 목소리가 점점 희미해져 침묵 속으로 사라지자 쏘리의 턱이 바르르 떨렸다.

타라 선생님은 섬을 뚫어지게 바라보았다. 그 눈이 분노로 이글거리고 있었다.

그들이 섬녀호 옆을 지날 때 징병들이 우현 난간에 늘어서서 작별 인사로 손을 흔들었다. 몇몇 장병은 차마 그 광경을 보지 못하고 고개를 돌렸다.

환초 밖으로 나가는 항로는 네바다호가 정박할 예정인 지점과 가까웠다.

그들은 에오말란 섬을 지나고, 아브람과 쏘리가 거대한 뱀상어를 만났던 로지코라 섬을 지나갔다. 그리고 에온제비 섬을 지나 에뉴 해협을 빠져나갔다.

시끄러운 디젤 엔진이 쿵쿵거리고, 섬사람들이 지켜보는 가운데, 비키니 섬은 점점 작아져서 마침내 완전히 시야에서 사라져 버리고 말았다.

1108호 상륙정은 밤새도록 흔들리며 남동쪽으로 내달렸다. 바닷물이 뱃전을 때리는 소리가 요란했다. 마을 사람들은 주갑판 여기저기에 놓인 자기들의 재산 주변에 거적을 깔고 누워 있었다.

타라 선생님은 앞 갑판에 남아서 어둠 속을 뚫어지게 바라보며 깊은 상념에 잠겨 있었다. 쏘리는 초저녁에 앞 갑판으로 올라가서 타라 선생님 옆에 섰다. 잠시 후 어머니도 올라와서 타라 선생님 옆에 섰다. 쏘리는 다시 아래로 내려갔다.

쏘리는 주갑판의 차가운 강철 바닥에 로킬레니와 나란히 누웠다. 그 갑판은 사람이 눕기 위해 만들어진 것이 아니라 탱크를 위해 만들어진 곳이었다. 거적 위에 말없이 누운 쏘리와 로킬레니 위로 찬 이슬이 내렸다. 오누이는 부드러운 모래가 사무치게 그리웠다.

에뉴 섬에 불도저로 깎은 활주로가 만들어졌다.
지원 함대의 다른 배들도 속속 도착하고 있었다.
적어도 2,000명의 수병이 날마다 섬에 상륙해
한때 비키니 마을이었던 곳에서 기분을 달랬다.
마을은 거의 사라졌다.
콘크리트로 포장한 농구 코트 다섯 개가 생겼고,
한때 야자나무가 바람에 펄럭이던 곳에는
야구장 넷과 배구 코트 열 개가 들어섰다.
마을에 지어진 장교 클럽과 사병 클럽에서는 10센트짜리 맥주를 팔았다.
'라디오 비키니'는 날마다 전 세계로 전파를 내보냈다.
비키니는 완전히 미국화되었다.

12

 아침을 먹은 지 얼마 지나지 않아 롱게리크 초호 바로 바깥에 있는 작은 섬이 보였다. 환초를 보호자처럼 지키고 있는 보크 섬이었다. 쏘리는 항해가 이제 곧 끝나리라는 것을 알았다. 그들은 밤사이에 롱겔라프에 있는 타라 선생님의 집을 지나쳤다. 지금 타라 선생님은 가족과 불과 30킬로미터도 떨어져 있지 않을 것이다.
 닻이 내려지기도 전에 섬을 보려는 승객들이 앞을 다투어 갑판으로 모여들었다. 해변은 비키니 섬보다 넓었고, 한 구역은 빨간 히비스커스 꽃으로 뒤덮여 있었다. 이것은 좋은 징조였다. 야자나무와 판다누스 나무도 멀리서 보기에는 그리 나빠 보이지 않았다. 해가 눈부시게 빛나고 있어서, 비키니 주민들이 살게 될 새집들의 하얀 천막 지붕을 볼 수 있었다. 교회와 학교를 비롯한 건물들도 세워져 있었다. 1킬로미터쯤 떨어진 곳에서 보면 살기 좋은 섬처럼 보였다.

타라 선생님이 사람들 뒤로 다가왔다.

"밀물이 좀 더 들어오기 전에는 해변까지 갈 수 없어."

사람들은 갑판에 앉아 있거나 배 안을 이리저리 걸어다니거나 이야기를 나누거나 해안 쪽을 바라보면서 초조하게 하루를 보냈다. 쏘리는 그들이 살 곳을 빨리 보고 싶어 좀이 쑤셨다.

"새집의 마루가 마음에 안 들면 언제든지 마루를 들어내고 모래 위에서 자면 돼."

어머니가 말했다.

"저는 이 초호가 마음에 안 들어요. 로지고리와 에뉴 사이에 집어넣을 수 있을 만큼 작아서, 카누 경주를 벌일 공간이 없어요."

쏘리가 말했다. 꼭 아브람 삼촌이 말하는 것 같았다.

"이 초호가 훨씬 작은 건 사실이다만, 물고기로 가득 차 있기를 기대하자꾸나."

"지금까지는 물고기를 별로 못 봤어요."

쏘리는 그렇게 말하고 불쾌한 얼굴로 갑판을 떠났다.

주다 추장과 마노지 이지리크와 타라 선생님이 각 가족이 살 집을 표시하기 위해 해변으로 가는 상륙정에 올라탔다. 떠나기 전에 타라 선생님이 말했다.

"우리가 배정하는 집이 모든 사람을 다 만족시키지는 못할 거예요."

원칙은 각 가족의 집을 비키니 섬과 비슷하게 배정한다는 것이었다.

어머니가 말했다.

"마음에 안 들면 언제든지 바꿀 수 있어요."

다섯 시쯤 밀물이 들어오며 수위가 높아졌다. 1108호 상륙정은 해안을 향해 출발하여 몇 분 뒤에는 그 커다란 코를 해변으로 밀어 올리고 있었다. 쏘리네 가족은 문짝 위에 빨간 크레용으로 '쏘리 리나무'라고 표시된 천막집을 찾아 짐을 옮기기 시작했다. 해군 건설 대원들이 많이 치우기는 했지만, 집 주위에는 아직도 빽빽한 덤불이 남아 있었다.

시간이 좀 더 지나자 수병들이 투광 조명등을 설치했다. 사람들은 상륙정과 집을 오가며 짐을 날랐다. 소금기를 머금은 안개가 모든 것을 뒤덮었다.

이튿날 아침 로킬레니는 얼마 안 되는 짐을 풀어서 정리하는 일을 거들었고, 쏘리는 남아 있는 몇몇 건설 대원과 함께 저수조를 몇 개 더 만들었다.

오후에 쏘리와 로킬레니는 섬을 탐험하러 나섰다. 초호 연안을 따라 잠시 걷던 쏘리가 걱정스런 얼굴로 말했다.

"물고기는 어디 있지? 대체 어디 있는 거야?"

쏘리는 아버지를 닮아서 물고기의 위치를 정확하게 찾아낼 줄 알았다.

비키니 초호에서는 언제나 큰 물고기에게 쫓기는 작은 물고기 떼들이 이리저리 몰려다니는 것을 볼 수 있었는데 이곳에는 물고기 떼가 전혀 보이지 않았다. 오누이는 물가로 가까이 다가갔지만, 흔해 빠진 제바크조차도 볼 수 없었다. 제바크는 해안 근처의 모래바닥을 돌아다니는 도마뱀 비슷한 쓸모없는 물고기였다. 해초를 뜯어 먹는 공미리도 보이지 않았다.

쏘리가 말했다.

"이 섬 주위에만 물고기가 없는 걸 거야."

물론 다른 섬들도 있었다. 하지만 물고기가 거의 없는 호수를 보고 있노라니 마음이 불안해졌다. 아니, 불안한 정도를 넘어서 섬뜩한 두려움까지 느껴졌다.

오누이는 가장 울창해 보이는 야자나무 숲으로 들어갔다. 오랫동안 돌보지 않아서 나무 주위에는 덤불이 많았다. 타라 선생님은 롱겔라프 사람들이 이곳으로 코코넛을 따러 오기는 하지만 숲 속에 머물면서 일하지는 않는다고 말했었다.

쏘리와 로킬레니는 다시 해변으로 나가서 천천히 섬을 한 바퀴 돌았다. 섬을 다 도는 데 채 한 시간도 걸리지 않았다. 그때 마을 근처에서 아이들의 비명이 들려왔다. 오누이는 그쪽으로 달려가기 시작했다. 네 살쯤 된 케지부키네 아들이 물가에 드러누워 오른발을 공중으로 쳐들고 울고 있었다. 아이는 두 팔을 휘두르며 모래 위에서 몸을 뒤틀었다. 다른 아이들도 모두 울고 있었지만 그 아이가 제일 큰 소리로 울부짖고 있었다. 아이 앞에서 파닥거리고 있는 것은 맹독을 가진 왕퉁쏠치였다. 아이가 얕은 물속을 걷다가 왕퉁쏠치의 가시에 찔린 것이다.

쏘리는 아이를 안고, 건설 대원 몇 명과 함께 아직 섬에 남아 있는 위생병에게 달려갔다. 위생병이 상처를 소독하고 파상풍 예방 주사를 놓아 주었지만, 아이는 어둠이 깔릴 때까지도 사경을 헤맸다.

아이는 천천히 회복되었다. 쏘리는 왕퉁쏠치 말고도 독을 가진 여러 종류의 생물들이 초호를 누비는 것을 발견했다. 일부 지역에는 남색과 은색 줄무늬가 있는 아름다운 열대어 칼레와 못생긴 쏨뱅이가 우글거렸다.

이 환초에 관해서 들었던 온갖 나쁜 이야기들이 모두 사실인 듯싶었다. 야자나무들은 나이가 너무 많았고, 이미 생산력을 잃은 나무도 많았다. 코코넛은 크기도 작고, 양도 충분하지 않았다. 코코넛 껍질 섬유조차 좋은 노끈을 만들 수 있을 만큼 질기지 않았다. 판다누스 나무에는 잎이 별로 없었다. 타로도 나지 않았다. 할머니가 옳았는지도 모른다. 사악한 리보크라인 에케자브가 아직도 왕퉁쏠치와 함께 초호에 숨어 있다가 밤이 되면 호수 위를 떠돌 것이다.

마을 사람들은 한 주일도 지나기 전에 벌써 불만과 향수를 느끼고 있었지만, 주다 추장은 조금만 더 있으면 상황이 나아질 거라고 주장했다.

집에서는 페인트 냄새가 나고 마루는 삐걱거렸다. 해군용 범포는 공기가 통하지 않아서 냄새가 심하고 답답했다. 쏘리가 불평하자 어머니가 말했다.

"범포를 끌어내리자꾸나."

범포 대신에 예전처럼 나뭇잎을 엮은 이엉을 지붕에 올리자는 것이다.

"우리는 이곳을 떠나야 돼요. 집으로 돌아가야 돼요."

쏘리가 말했다.

"그건 불가능해, 쏘리."

"저는 그렇게 생각하시 않아요."

어머니는 쏘리를 바라보며 얼굴을 찡그렸다.

흰쥐 약 5,000마리,

염소 204마리,

흰 생쥐 200마리,

돼지 200마리,

기니피그 60마리가

폭탄 투하 사흘 전에 표적 함대의 일부 선박에 배치될 예정이었다.

13

 헤이스팅스 대위가 타라 선생님에게 방사능 사고 방지 팸플릿을 주었다. '교차로 작전'을 취재하는 기자단을 위해 미 해군이 준비한 안내 책자였다. 타라 선생님은 내용을 이해하려고 애쓰면서 그 책자를 여섯 번쯤 읽은 다음 상급생용 교재로 쓰기로 했다.
 쏘리는 유리창을 통해 타라 선생님의 말을 들었다.
 "……방사능에는 두 종류가 있어요. 하나는 천연 방사능이고 또 하나는 인공 방사능이에요. 우리는 날마다 하늘에서 내려오는 방사선을 통해 천연 방사능을 받고 있어요. 그리고 일부 지역에서는 우라늄 같은 금속에서 천연 방사능이 나오기도 해요. 우리 환초에서 일어날 일은 인공 방사능……."
 타라 선생님은 학생들이 도무지 무슨 뜻인지 이해할 수가 없어 당황하고 있다는 것을 알아차리고 이마에 손을 댔다.

"좋아요. 원자 폭탄은 핵분열에 바탕을 둔 연쇄 반응에서 폭발력을 얻는 폭탄이에요. 이번에는 인간이 만든 플루토늄이라는 물질을 사용할 거예요. 이건 굉장히 복잡하고…… 그리고…… 아아, 미안해요……."

타라 선생님은 고개를 저으면서 책자를 덮었다. 그리고 과학자들이 쓴 글을 쉬운 말로 설명하지 못하는 자신에게 화가 나서 얼굴을 찌푸리고 덧붙였다.

"그렇게 무서운 무기를 뭐 하러 만드는 거지? 제조법을 발견하지 않았다면 세상은 훨씬 좋은 곳일 텐데."

다음 수업은 영어였다.

쏘리의 마음은 수업이 아니라 다른 데 가 있었다. 그는 백혈병이라는 질병에 대해, 그리고 물고기와 식물과 나무가 어떻게 병에 걸릴 수 있는지에 대해 개리슨 박사가 한 말을 곱씹어 생각하고 있었다.

타라 선생님을 가장 화나게 한 것은 미군이 세상 사람들에게 하고 있는 말이었다. 타라 선생님은 군정 장관이 준 미제 라디오와 발전기를 가지고 있었고 매일 오후에 라디오를 들으면서 그 내용을 메모했다.

어느 날 저녁, 비키니 섬에서 열었던 것과 같은 뉴스 모임에서 타라 선생님이 씁쓸하게 말했다.

"오늘 워싱턴에서 어떤 해군 제독이 기자들한테 이렇게 말했어요. 우리가 이곳에 잘 적응하고 있고, 완전히 만족하고 있다고. 롱게리크가 비키니보다 더 크고 좋은 섬이라고. 그 사람은 여기에는 와 본 적도 없어요!"

마을 사람들이 새 환경에 적응하려고 애쓰면서(그들은 정말로 열심히 노력했다.) 지루한 나날을 보내는 동안, 미군은 '원시적인 원주민'(어느 기자의 표현이었다.)을 취재하도록 신문 기자들과 라디오 방송 기자들을 비키니 섬에서 비행기에 태워 롱게리크 섬으로 실어 날랐다.

"우리가 원주민인 것은 사실이지만, 석기 시대 원시인은 아니에요."

타라 선생님이 말했다.

특파원들이 도착할 때마다 타라는 2월의 그 일요일에 일어났던 일을 정확하게 전하려고 애를 쓰곤 했다.

어느 날 타라 선생님이 쏘리에게 말했다.

"그 사람들은 하와이 병에 걸렸어. 그 사람들 눈에 보이는 건 야자나무와 초호뿐이야. 귀로는 여기에는 있지도 않은 기타 연주 소리를 듣지. 그들은 주위를 둘러보고 이렇게 말해. '그렇게 살기 나쁜 곳은 아니군.' 그러고는 휴대용 타자기와 선탠오일을 가지고 다시 비키니 섬으로 날아가는 거야."

6월 중순에 쏘리는 아브람 삼촌이 훔쳐 온 카누와 돛을 칠하기 시작했다. 마을 사람들은 카누에 새 옷을 입히는 것은 이해할 수 있었지만, 돛에도 페인트를 칠하는 것을 보고는 무슨 영문인지 몰라 의아하게 생각했다. 돛에 페인트를 칠하면 뻣뻣해져서 다루기가 훨씬 어려웠기 때문이다.

마을 사람들이 이유를 묻자 쏘리는 활짝 웃으면서 말했다.

"바다를 화려하게 만들려고요."

마셜 제도의 뱃사람이라면 누구라도 그 대답에 만족하지 않을 것이다. 어떤 뱃사람도 배의 속도를 떨어뜨리거나 조종을 방해하는 일은 하지 않는다.

마노지 이지리크는 쏘리가 붉은 페인트를 돛 전체에 바르는 것을 지켜보면서 말했다.

"무슨 꿍꿍이가 있는 게 분명해."

"곧 알게 될 거예요."

쏘리가 대꾸했다.

쏘리는 지난 몇 주 동안 원자 폭탄 투하밖에는 아무것도 생각하지 않았다. 그리고 마음속으로 수도 없이 계획을 세우고 사전 연습을 되풀이했다. 언제 돛을 올릴까. 폭격기가 상공을 날아갈 때 얼마나 멀리 떨어져 있을까. 폭격기에 탄 사람들이 과연 밑에 있는 나를 볼 수 있을까. 쏘리는 그럴 거라고 확신했다. 폭격기에서는 내가 푸른 바다에 찍힌 빨간 얼룩으로 보일 거야. 기자들은 당장에 그 일을 전 세계에 알릴 것이고, 미군은 실험을 연기하겠지. 그러면 미군은 다른 실험장을 찾을 것이고, 마을 사람들은 다시 비키니로 돌아갈 수 있을 거야. 방사선 독은 비키니 섬에 떨어지지 않을 거야. 쏘리는 이 계획이 순조

롭게 진행될 거라고 확신했다. 그리고 그것은 모두 아브람 외삼촌의 발상이었다!

타라 선생님이 해변으로 내려왔다.

"너, 진심이었구나?"

쏘리는 무릎을 꿇은 채 돛을 칠하고 있다가 몸을 일으켜 세웠다.

"그럼요. 진심이었어요."

"어머니도 아시니? 할아버지는? 주다 추장도 알아?"

쏘리는 고개를 저었다.

"다른 사람들한테 말할 때 그분들께도 말씀드릴 거예요."

"이건 미친 짓이야, 쏘리. 아마 아브람도 결국에는 포기했을 거야. 그건 아브람의 좌절감에서 생겨난 꿈이었을 뿐이야."

"전 그렇게 생각하지 않아요. 삼촌은 이게 효과가 있을 거라고 믿었어요."

"쏘리, 설마 그렇게 믿을 만큼 바보는 아니겠지. 초호에 떠 있는 카누 한 척 때문에 미군이 실험을 중지하지는 않아. 그 많은 배들! 그 많은 사람들! 비용이 수백만 달러나……."

"삼촌이 말했듯이 실험을 방해만 하면 이길 수 있어요. 미군은 폭탄을 떨어뜨리지 않을 거예요. 신문과 라디오가 보도할 테고, 미군은 다른 실험장을 찾을 거예요."

타라 선생님은 낙담한 듯 고개를 저으며 한숨을 내쉬었다.

"그래도 너는 분별이 있는 줄 알았는데. 아브람이 살아 있다면 맨 먼저 나서서 말렸을 거야. 하지 마……."

"제 마음은 이미 정해졌어요. 실험이 시작되기 사나흘 전에 배를 타고 나가서 롬리크 섬에 숨어 있을 거예요. 그리고 밤사이에 표적 함대 가까이 접근할 거예요. 네바다호에서 10킬로미터 떨어진 곳까지 갈 거예요. 그 정도 거리면 접근해도 무사할 수 있어요."

"누가 그래?"

"개리슨 박사가요."

"박사는 네가 왜 그런 정보를 알고 싶어 하는지 알았니?"

"아뇨."

"너는 이 계획을 마을 회의에서 이야기해야 돼."

"그래 봤자 아무 소용도 없을 거예요."

타라 선생님은 걷다가 돌아서서 얼굴을 찡그리고 물었다.

"개리슨 박사가 정말로 그렇게 말했니? 네바다호에서 반경 10킬로미터 이내에 있어도 안전하다고 말한 게 확실해?"

"첫 번째 원자 폭탄 실험 때 사람들이 그 정도 거리에 있었대요."

타라 선생님은 고개를 저었다.

"이건 터무니없는 짓이야."

타라 선생님은 페인트를 칠하는 소리를 잠시 더 바라보다가 카누로 돌아와서 난간에 걸터앉았다.

"그들이 널 볼 수 있을 거라고 확신하는 이유가 뭐지?"

"개리슨 박사가 폭격기에는 고성능 조준기가 있다고 말했어요. 그리고 저는 일제 깡통 하나를 반짝반짝 닦아 놓을 거예요. 깡통이 햇빛을 받으면 하늘에서 눈부신 섬광을 볼 수 있겠죠."

"오오, 쏘리……."

타라 선생님의 얼굴에 걱정과 낭패감이 퍼져 갔다.

"아버지라면 틀림없이 이렇게 하셨을 거예요. 우리 아버지는 겁쟁이가 아니었어요. 저도 겁쟁이가 아니고요."

구름이 낀 6월 24일,
'에이블' 폭탄이 실릴 B-29 폭격기 '데이브의 꿈'이
표적 함대 위를 지나가는 연습 비행을 했다.
'데이브의 꿈'은 연습용 폭탄을 떨어뜨려
네바다호의 과녁 한복판에 명중시켰다.
'에이블'은 나가사키에 투하되었던 '팻맨'과 비슷했다.
길이가 3.3미터에 무게는 4,500킬로그램이 넘었다.
평화로운 초호 위에 이제 곧 치명적인 라듐을 몇 톤이나 쏟아 부을
폭탄의 외피에는 '질다'라는 이름이 적혀 있었다.
질다는 아름다운 여배우 리타 헤이워스가 연기한
할리우드 영화의 주인공 이름이었다.

14

할아버지가 고둥 껍데기를 불어, 타라 선생님의 야간 뉴스 중계를 들으러 오라고 마을 사람들을 소집했다.

"지금 현재로는 7월 1일 8시 반에 폭탄이 투하될 예정이에요."

타라 선생님이 말했다.

폭탄 투하는 알려지지 않은 이유로 두 차례 연기되었다. 미군은 라디오를 통해 모든 표적 선박이 동물들을 싣고 제자리에 배치되었으며 폭탄은 콰잘린 섬에서 해병대의 호위를 받으며 대기하고 있다고 발표했다.

쏘리의 맥박이 빨라졌다.

"폭탄은 얼마나 크죠?"

마노지 이지리크가 타라 선생님에게 물었다.

"나도 몰라요. 라디오에서는 나가사키에 떨어진 폭탄과 크기도 같고 형식도 같다고 말했어요. 나가사키에 투하된 폭탄은 '패트맨'이라고 불렀대요."

'패트맨.' 쏘리는 뚱뚱보 폭탄이 버섯구름을 토해 내는 광경을 머릿속에 그렸다.

6월 말이 되었다. 마셜 제도의 6월은 우기였고 언제나 축복 받은 계절이었다. 빗방울이 새 교회의 지붕을 세차게 두드렸다.

백인들은 모두 지원 함대로 돌아갔다. 헤이스팅스 대위는 롱게리크 섬을 떠나기 전에 여기는 절대로 위험하지 않을 거라고 장담했다. 만약 플루토늄 입자로 가득 찬 구름이 롱게리크 쪽으로 올 경우 섬사람들을 안전한 곳으로 대피시키기 위해 상륙정 한 척이 초호에 대기하고 있었다.

사람들은 여러 가지 질문을 했고, 타라 선생님은 메모한 방송 내용을 보면서 질문에 최대한 대답하려고 애썼다.

폭탄이 터지는 소리가 들릴까?

타라 선생님은 알지 못했다.

섬광이 보일까?

그것도 알 수 없었다.

버섯구름은 보통 구름과 비슷해 보일까?

그것도 알 수 없었다.

그 구름에서도 비가 내릴까?

그것 역시 알 수 없었다.

마을 사람들은 아무도 대답할 수 없는 질문을 하고 있었다. 그들 가운데 전화를 써 보거나, 전기를 사용해 보거나, 자동차를 타 본 사람은 하나도 없었다. 그들은 백인들이 느닷없이 그들의 삶 속에 끌어들인 것들을 이해하려고 필사적으로 노력하고 있었다.

뉴스 중계가 끝난 뒤, 쏘리는 일어나서 숨을 한 번 깊이 들이마셨다. 그런 다음 차분한 목소리로 말했다.

"저는 금요일에 비키니로 떠날 겁니다. 일요일 밤에는 롬리크 섬에 도착해 있을 거예요. 저는 월요일 아침에 네바다호에서 10킬로미터 이내의 거리에 있으려고 합니다. 그들이 나를 보고 폭탄 투하를 중지해 주기를 기대하고 있습니다. 우리 섬을 그대로 놓아두고 다른 곳에서 실험장을 찾기를 바라고 있습니다."

잠시 죽음 같은 침묵이 흘렀다. 마을 사람들은 방금 전에 들은 말을 믿을 수가 없었다.

어머니가 벌떡 일어나면서 말했다.

"그런 짓을 하면 안 돼. 정신 나갔니?"

레제 이지리크는 웃음을 터뜨렸다.

"그 사람들은 널 보더라도 폭탄을 떨어뜨릴 거야. 빨간 카누에 탄 미친놈 하나쯤으로는 그들을 막을 수 없어."

주다 추장이 말했다.

"그건 아브람이 했을 법한 일처럼 들리는군. 아브람한테 페인트를 얻었지?"

"네. 페인트만이 아니라 발상도 삼촌한테 얻었어요."

쏘리는 조용히 인정했다.

"우리도 진작 알 수 있었을 텐데."

레제가 진저리를 내며 말했다.

타라 선생님이 일어나서 말했다.

"나도 함께 갈 거예요. 아브람이 옳았어요. 우리는 거기서 일어나고 있는 일을 항의해야 해요."

쏘리는 깜짝 놀랐다. 타라 선생님이 함께 간다고?

"미친 사람이 둘이나……."

레제가 말했다.

이제 모두 타라 선생님을 쳐다보고 있었다. 선생님이 쏘리 옆으로 다가와 나란히 섰다.

그러자 할아버지가 지팡이를 짚고 몸을 일으켰다.

"나도 가겠다."

그때 마노지 이지리크가 일어나더니 카누에 탈 지원자가 또 있는지 물었다.

아무도 손을 들지 않았다. 어떤 목소리도 들리지 않았다.

마을 사람 전체가 비키니 섬으로 간다는 쏘리의 계획은 그것으로 끝이었다. 쏘리는 눈앞에 있는 백오십여 명의 얼굴을 둘러보았다. 찡그린 얼굴도 있었지만, 믿을 수 없다는 얼굴이 더 많았다. 그 표정들은 이렇게 말하고 있었다. 넌 미쳤어, 쏘리 리나무!

타라 선생님이 최면 상태를 깨뜨렸다.

"우리는 거인을 약 올리려는 것뿐이에요."

타라 선생님이 엄지손가락을 코에 대고 나머지 손가락을 흔들어서 필요한 웃음소리를 끌어냈다.

사람들은 발표가 끝난 뒤에도 집으로 돌아가지 않고 꾸물거리며 쏘리와 어머니, 타라 선생님과 할아버지에게 말을 걸었다. 다른 사람들도 그들의 고향 땅에서 일어날 일에 동참하고 싶었지만, 아무도 마음을 바꾸지는 않았다.

마노지 이지리크까지도 빨간 카누에 타겠다고 나서지 못했다.

"선생님은 왜 가시려는 거예요?"

쏘리가 나중에 타라 선생님에게 물었다. 쏘리는 아직도 타라 선생님의 결심에 놀라고 있었다.

"아브람의 말마따나 누군가는 항의해야 한다고 생각해. 너 혼자 그 일을 하게 둘 수는 없었어. 그리고 이젠 나도 생각이 바뀌었어. 그 방법이 효과가 있을 거라고 생각해. 정말로 그렇게 생각하고 있어."

쏘리는 할아버지에게도 왜 가시려는 거냐고 물어보았다.

"그곳에도 기도를 드릴 사람이 있어야 하니까."

이튿날 아침, 마을 사람들은 빨간 카누를 보려고 해변으로 내려갔다. 그들은 카누가 가려는 곳과 하려는 일을 도무지 믿을 수 없었다.

"정말로 그들이 너를 볼 수 있을까?"

마을 사람들이 되풀이해서 물었다. 쏘리는 그 질문에 몇 번이고 대답했다. 쏘리의 대답은 "그렇다."였다.

정오에 타라 선생님이 새 라디오가 비치되어 있는 마을 회관으로 가서, 뉴스를 듣고 배터리를 충전하기 위해 발전기를 돌렸다. 쏘리와 로킬레니도 함께 갔다.

나라 선생님이 말했다.

"미국인들은 바람이 엉뚱한 방향으로 불 경우에 대비해서 워토와 에니웨토크에 사는 사람들을 모두 콰잘린 섬으로 이동시키고 있어."

일기 예보에서는 금요일과 토요일과 일요일에 마셜 제도 북부에 구름이 끼고 비가 내릴 거라고 말했다. 마을 사람들은 그들의 '안전책'인 상륙정이 일요일 밤까지는 나타날 것으로 예상하고 있었다.

쏘리가 말했다.

"우리는 들키지 않고 초호로 살짝 들어갈 수 있어요."

쏘리는 롱게리크에서 비키니까지 항해할 때는 평범한 흰 돛을 사용하고, 롬리크 섬에 도착한 뒤에 빨간 돛으로 바꿔 달 작정이었다.

표적 함대는 비키니섬 해변에서 6킬로미터쯤 떨어진 곳에
조용히 닻을 내리고 있었다.
네바다호가 영점 표적 위치에 있었고,
그곳에서 멀지 않은 곳에 다른 전함들, 펜실베이니아호, 뉴욕호,
아칸사스호가 해군의 표준색인 회색 옷을 입고 정박해 있었다.
치열한 공중전을 치른 역전의 항공모함 새러토가호와 인디펜던스호도
그곳에 있었다. 외국 선박으로는 거대한 개구리처럼 웅크리고 있는
일본 군함 나가토호와 인류 역사상 가장 멋진 군함으로 불리는
독일 순양함 프린츠오이겐호도 포함되어 있었다.
다른 배들은 영점 표적 위치에 수레바퀴 대형으로 퍼져 있었다.

15

 마을 사람들은 그 후 나흘 동안 줄곧 비키니 섬으로 돌아가는 계획에 대해 생각하고 이야기를 나누었다. 시간이 지날수록 그 계획은 점점 더 영웅적이고 대담한 것으로 여겨졌고 절대 실패할 수 없을 것 같았다. 그것은 거인과 맞설 힘이 없는 소수의 무력한 사람들을 전 세계에 알릴 절호의 방법이었다.
 사악한 정령이 지배하는 불모의 작은 섬에 옮겨진 마을 사람들은 미국인들이 자기네 땅을 강탈하고, 자기들을 버렸다고 느끼게 되었다. 게다가 몇 달이 지나기 전에 굶어 죽고 말 거라는 두려움도 몰려왔다. 마을 사람들은 롱게리크 섬이 자신들을 먹여 살릴 수 없다는 것을 알고 있었다. 배를 타고 비키니 섬으로 돌아가는 것은 "세상 사람들아, 우리를 보아라. 당신들이 우리한테 무슨 짓을 했는지 보아라!" 하고 외칠 기회였다. 아마 이것이 유일한 기회일 것이다.

쏘리는 사람들의 이야기를 듣고 기운이 나는 것을 느꼈다. 어머니도 마을 사람들과 생각이 같았다. 그래서 원자 폭탄을 저지하려는 사람이 바로 자기 아들이라는 것을 모든 사람에게 자랑스럽게 일깨워 주었다. 레제 이지리크도 조용해졌다.

6월 28일 아침, 쏘리는 해가 뜨자마자 로킬레니와 함께 해변을 따라 걸었다. 의심과 두려움은 영웅적인 말에 가려졌다.
"정말로 가고 싶어, 오빠?"
로길레니가 물었다.
쏘리는 조금도 망설이지 않고 대답했다.
"물론이지."
"나는 겁이 나. 오빠가 너무 가까이 가면……."
"그러지 않을 거야. 내가 10킬로미터 거리에 접근하면 할아버지가 알려 줄 거야."
쏘리는 여동생을 끌어안았다. 로킬레니는 빨간 히비스커스 꽃이 피어 있는 해변으로 걸어갔다. 마을 여자들이 그곳에서 꽃을 따고 있었다. 롱게리크 섬에서 좋은 곳은 히비스커스가 자라는 그곳뿐이라고 생각하는 사람도 있었다. 여자와 아이들은 교회에서 카누까지 히비스커스 꽃길을 만들 작정이었다.
카누는 떠날 준비를 마쳤다. 다랑어 구이와 강판에 간 코코넛, 물병, 미군이 남기고 간 K-레이션(제2차 세계 대전 중에 개발된 하루분의 야전 식량) 열두 상자가 카누에 실렸다. 앉거나 잠잘 때 쓸 깔개도 있었다. 도중에 물고기를 잡을 낚시 도구도 가져갈 예정이었다. 순풍이 불면 기껏해야 72시간밖에 걸리지 않을 것이다.

쏘리는 잠시 어머니와 함께 시간을 보냈다. 어머니를 끌어안고 걱정하지 말라고, 엿새 뒤에는 다시 만날 수 있을 거라고 말했다. 어머니는 눈물이 글썽거리는 눈으로 꿋꿋하게 미소를 지으면서 말했다.

"몸조심해야 한다."

이어서 마을 사람들은 교회로 예배를 보러 갔다. 할아버지는 성경을 읽은 다음, 하느님께 당신의 자녀들을 보호해 주시고 그들이 백인들의 마음을 바꿀 수 있게 해 달라고, 무서운 무기를 그들의 고향에 떨어뜨리지 않도록 백인들을 설득할 수 있게 해 달라고 기도했다.

이어서 모두들 하늘을 쳐다보며 〈어메이징 그레이스〉를 노래했다.

예배가 끝난 뒤, 쏘리는 앞장서서 타라 선생님과 할아버지와 함께 히비스커스 꽃길을 지나 카누로 내려갔다. 세 사람은 모두 화환을 목에 걸고 전사의 머리띠를 두르고 있었다. 그것은 조가비 도끼로 무장하고 15미터짜리 카누를 타고 싸우러 나갔던 옛 부족의 전통이었다.

마을 사람들은 꽃길 양쪽에 늘어서서 손뼉을 치며 성공을 빌었다. 레제 이지리크까지도 함께 손뼉을 치고 있었다.

쏘리의 자신만만한 얼굴은 아침 햇살을 받아 오라에 둘러싸인 것처럼 보였다. 200년 전에 항해를 떠나는 지도자들도 틀림없이 그렇게 강하고 멋져 보였을 것이다.

작별 인사가 오가고 삼각돛이 올려졌다. 마을 남자들이 할아버지와 타라 선생님이 탄 카누를 바다로 밀어냈다. 쏘리가 카누에 펄쩍 뛰어올랐다.

쏘리는 활짝 웃으면서 손가락 두 개를 펴 보였다. 미국인들이 가르쳐 준 승리의 표시였다.

마을 사람들은 하얀 돛을 단 붉은 카누가 수평선에서 희미해지다가 보크 수로로 **빠져나갈** 때까지 손을 흔들었다.

6월 30일, 기함인 매킨리산호에서
7월 1일이 '에이블 데이'임을 알리는 신호가 발신되었다.
표적 함대와 해안에 설치된 계기들은 몇 분 내로 최종 준비를 마쳤다.
돼지, 염소, 우리에 든 쥐와 생쥐를 비롯한 동물들도
모두 배정된 위치에 있었다.
늦은 오후, 초호에 남아 있던 지원 함대의 대부분이 떠나기 시작했다.
표적 함대를 점검하고 모든 인원이 철수한 것을 확인하기 위해
몇 척의 배만 뒤에 남았다.
지원 함대는 동쪽과 북서쪽에 배치되었고,
폭탄이 떨어진 뒤에도 그 자리에 남아 있을 것이다.
매킨리 산호의 암호명은 '사데예스',
은색 폭격기 '데이브의 꿈'의 암호명은 '스카이라이트 원'이었다.

16

 짙은 구름이 롬리크 섬으로 가고 있는 빨간 카누를 가려 주었다. 이따금 머리 위에서 비행기 엔진 소리가 들렸다. 비행기가 수십 대는 날아다니는 듯했다. 그중 한 대의 엔진 소리가 낮은 구름을 꿰뚫는 것처럼 가깝게 들렸다. 이따금 가랑비가 뿌렸다.
 타라 선생님이 덮개 같은 구름을 쳐다보면서 물었다.
 "저 사람들이 뭘 하고 있는 거지?"
 쏘리도 알지 못했다.
 구름이 갈라져서 비행기가 카누를 발견하면 상부에 보고할 것이고, 세 사람은 아마 롱게리크 섬으로 강제 송환될 것이다. 라디오에서는 앞으로 사흘 동안 모든 배들은 비키니 섬과 최소한 240킬로미터 이상 거리를 두어야 한다고 말했다.
 쏘리 일행은 환초 북쪽에 머물면서 남 섬과 워리크 섬을 확인했다.

그리고 일요일 해거름에 마침내 리나무 가족이 한때 땅을 소유했던 좁고 긴 롬리크 섬에 도착했다.

오후가 되자 구름이 모두 걷혔다. 쏘리 일행을 태운 카누는 해질 무렵에 이미 고향인 환초 안에 들어와 있었다.

비키니 섬은 얼룩처럼 보일 뿐이었지만, 해질녘의 희미한 빛 속에서도 초호의 얼굴이 완전히 달라진 것을 알 수 있었다. 저 멀리 닻을 내린 거대한 항공모함과 군함들의 검은 형체가 보였다.

'살아 있는' 배들은 거의 다 떠났고, '죽은' 배만 동물들을 태운 채 남아서 밤이 새기를 기다리고 있었다. 롬리크 섬 꼭대기에는 커다란 계기가 달린 철탑이 표적 함대를 향해 서 있었다. 쏘리는 철탑의 사다리로 다가가면서 으스스한 기분을 느꼈다. 어스름 속에 서 있는 철탑은 음흉하고 사악해 보였다.

쏘리는 롬리크 섬에 코코넛을 따러 수십 번이나 와 보았고, 할아버지는 그보다 훨씬 많이 왔었다.

할아버지는 그들의 땅을 둘러보다가 말했다.

"백인들은 손대는 건 뭐든지 다 망쳐 버리는 것 같구나."

그들은 고향에 돌아왔지만, 고향에 돌아온 것이 아니었다. 이곳은 더 이상 그들의 고향이 아니었기 때문이다. 이곳은 쏘리가 자란 초호가 아니었다. 이제 이곳은 외국 국기가 펄럭이는 외국 바다였다.

비키니 섬 자체에서는 어떤 변화도 볼 수 없었다. 어스름이 점점 짙어지고 있는 데다 거리가 너무 멀리 떨어져 있었다. 하지만 그들은 비키니 섬도 변했다는 것을 알았다. 아름다운 초호는 냉담해졌고, 카누는 군함으로 바뀌었다.

그들은 아무 말도 하지 않았다. 할 말도 별로 없었다. 내일 아침이면 뱃속에 플루토늄 폭탄 '뚱뚱보'를 싣고 하늘을 날아갈 폭격기나 원자 폭탄에 대해 무슨 말을 할 수 있겠는가?

저녁으로 K-레이션을 먹은 뒤, 잠자리에 들기 직전에 쏘리가 말했다.

"혹시 마음이 바뀌었거든 내일 아침에 모래톱으로 넘어가세요. 제가 폭탄을 믿지 못한다 해도, 그곳에 있으면 안전할 거예요."

"우리는 너와 함께 나갈 거야, 쏘리."

타라 선생님이 말했다.

"나도 모래톱에 앉아 있으려고 그 먼 길을 오진 않았다."

할아버지가 말했다.

"저는 자정이 지나면 바로 표적 함대를 향해 출발하고 싶어요."

쏘리가 말했다.

그들은 깔개 위에 드러누웠다. 언제나 자기 세계와 평화롭게 지내는 할아버지는 이내 별 아래에서 여느 때처럼 코를 골기 시작했다.

쏘리와 타라 선생님은 좀처럼 잠을 이루지 못했다.

쏘리가 말했다.

"제가 일곱 살 때였을 거예요. 우리는 태풍이 오고 있다는 걸 알았어요. 할아버지 같은 노인들은 하늘과 산들바람의 방향과 바람의 냄새를 보고, 태풍이 우리 쪽으로 오고 있다는 것을 알 수 있었죠. 새들이 환초에서 사라졌고, 물고기들까지 바닥으로 내려갔어요. 저는 할아버지한테 태풍 이야기를 들었는데 너무 겁이 나서 말도 할 수가 없었어요. 그런데 한동안 사방이 완전히 고요해졌어요. 산들바람이 살랑거리는 소리도 들리지 않았어요. 그러더니 느닷없이 태풍이 으르렁거리며 휘몰아쳐서 우리를 야자나무 위로 날려 보내고 마을을 쑥대밭으로 만들었어요. 지금 제가 그런 기분이에요. 갑자기 겁이 나요. 이곳은 너무 조용하고, 초호는 너무 캄캄해요."

잠시 침묵이 흐른 뒤 타라 선생님이 말했다.

"어제 나는 이런 생각을 했어. 우리는 죽기에는 너무 젊다고. 우리가 왜 이런 모험을 해야 하는가 하고. 절반쯤 왔을 때 너한테 돌아가자고 할까도 생각했어. 그러다가 아브람이라면 어떻게 했을까 생각했지. 아브람은 계속 갔을 게 분명해. 아브람은 미군에게 주먹을 휘둘렀을 거야."

"아까 그 비행기가 낮게 내려왔을 때, 저도 그 생각을 했어요. 아브람 삼촌이라면 계속 갔을 거예요. 그래서 우리는 여기까지 먼 길을 왔고, 내일 아침 저기로 나가서 그들이 우리를 보아 주기를 기대……."

쏘리는 마침내 잠이 들었다.

그리고 새벽 두 시쯤 쏘리가 타라 선생님과 할아버지를 깨웠다.

"붉은 돛을 올려요."

그 일을 하는 데에는 10분쯤 걸렸다.

세 사람은 다시 레이션을 먹고 떠날 준비를 했다. 타라 선생님과 할아버지가 먼저 카누에 올라탔다.

쏘리도 카누를 물가에서 밀어낸 다음 카누에 올랐다.

카누는 가벼운 산들바람을 받으며 칠흑 같은 초호에서 표적 함대를 향해 남쪽으로 내려갔다.

그들은 한 마디도 하지 않았다. 개리슨 박사가 설명해 준 백인의 전자 귀가 그들의 목소리를 들을까 염려되었기 때문이다.

3부
원자 폭탄

7월 1일 오전 5시 43분,
콰잘린 섬에서 '데이브의 꿈'의 엔진 네 개가 상냥하게 중얼거렸다.
뱃속에 원자 폭탄을 감춘 '데이브의 꿈'은
긴 유도로를 통해 활주로로 이동했다.
마침내 조종사 우드로 스완컷이 스로틀 밸브를 열자
엔진이 으르렁거리기 시작했다.
조종사가 모든 계기판과 문자판을 마지막으로 점검하는 동안,
'데이브의 꿈'은 활주로 끝에서 부르르 몸을 떨었다.
마침내 브레이크가 풀리고, 천천히 구르기 시작한 비행기는
점점 속도를 높여 하늘로 떠올랐다.

1

새벽 하늘에는 높은 구름이 드문드문 흩어져 있었다. 그들은 네바다호 북쪽, 해변에서 5킬로미터쯤 떨어진 곳에 정박한 유령 같은 상륙정의 뒷부분에 카누를 대고 숨어 있었다.

태양이 이 버려진 섬을 서서히 비추기 시작했을 때, 그들은 비키니 섬의 남쪽 끝이 한때 그들이 '고향'이라고 불렀던 곳과는 조금도 닮은 구석이 없을 정도로 변한 것을 볼 수 있었다. 5킬로미터나 떨어진 곳에서도 높은 철탑과 건물들이 또렷이 보였다. 미군은 무성하던 야자나무를 모두 베어 내고 몇 그루만 남겨 두었다.

다섯 달 사이에 그런 변화를 일으키다니! 도저히 있을 수 없는 일처럼 생각되었다.

할아버지는 그런 변화를 일으킨 게 악마이기나 한 것처럼 섬을 노려보았다.

타라 선생님은 몸을 돌려 버렸다. 그리고 작은 소리로 속삭였다.

"여기서 반경 몇 킬로미터 이내에 사람이라고는 우리뿐이라는 걸 아세요?"

타라 선생님의 손목시계가 여덟 시를 2, 3분 지난 시각을 가리켰을 때, 갑자기 온갖 종류의 항공기가 하늘을 가득 메웠다. 폭격기, 비행정, 전투기.

쏘리는 그 비행기들이 무엇을 하고 있는지 알 수 없었다. 그중 몇 대는 낮은 고도로 날고 있었기 때문에, 세 사람은 들키지 않기를 바라면서 카누에 잔뜩 웅크리고 있었다.

"우리를 발견하면 당장에 비행정을 착륙시켜서 여기서 데리고 나갈 거예요."

쏘리가 속삭였다.

쏘리의 계획은 폭탄이 떨어질 즈음에 빨간 돛을 올리고 북쪽을 향해 네바다호에서 멀어지는 것이었다. 바람이 문제였다.

타라 선생님이 물었다.

"그때쯤에는 우리가 10킬로미터 떨어진 곳에 있게 될까?"

쏘리가 고개를 끄덕였다.

"그렇게 될 거예요."

할아버지가 타는 듯이 빛나는 거대한 붉은 표적선까지의 거리를 어림해 보겠다고 말했다. 그리고 폭격기가 보일 때까지 기다렸다가

기도를 드리기 시작하겠다고 말했다.

"거리를 확실히 알아야 해요."

쏘리가 말했다. 10킬로미터는 결정적으로 중요한 거리였다.

이윽고 비행기들이 전부 날아가 버렸다. 세 사람은 위에서 희미한 소리가 나는 것을 들었다. 하늘을 쳐다보니, 햇빛이 은색 폭격기에 부딪혀 번득이는 것이 보였다.

쏘리가 말했다.

"저게 그 폭격기인가 봐요."

8시 26분, '데이브의 꿈'이 비키니 초호 상공에 도착했다.

"여기는 '스카이라이트 원', '스카이라이트 원'.

모의 폭탄 제1호 투하 10분 전.

준비.

주의.

모의 폭탄 투하 10분 전.

제1차 연습 비행."

2

쏘리는 타라 선생님과 함께 붉은 돛을 올리기 시작했다. 돛이 바람을 받았다. 세 사람은 상륙정에 바싹 붙어 있던 카누를 밀어냈다. 쏘리가 북쪽으로 방향을 잡고 하늘을 쳐다보면서 말했다.

"라디오에서는 몇 차례 연습 비행이 있을 거라고 했어요. 그때 우리가 여기 있는 걸 보게 될 거예요."

그러고는 할아버지에게 말했다.

"네바다호에서 10킬로미터 정도 떨어진 곳에 왔다고 생각되면 알려 주세요."

바람은 그들을 도와주지 않았다.

"여기는 '스카이라이트 원', '스카이라이트 원'.

실제 폭탄 투하 5분 전.

주의.

실제 폭탄 투하 5분 전······."

3

쏘리가 타라 선생님에게 말했다.

"통조림 뚜껑으로 햇빛을 반사시키세요. 그러면 하늘에서 섬광을 볼 수 있을 거예요."

여덟 시 반이 지났다.

쏘리는 아무것도 모르는 동물들을 생각했다. 털이 깎이고 섬광 방지 연고를 바른 염소와 돼지들, 흰쥐와 백혈구와 백혈병, 그리고 뜨거운 열기 때문에 붉게 달아오를지도 모르는 물고기들…….

" '스카이라이트 원', '스카이라이트 원'.

실제 폭탄 투하 2분 전.

실제 폭탄 투하 2분 전.

모든 보안경을 조정하라.

모든 보안경을 조정하라."

4

 타라 선생님은 푸른 하늘에서 폭격기에 반사되는 햇빛을 뚫어지게 쳐다보았다.
 "아래를 봐. 제발 여기 아래를 내려다봐. 제발 여기를 내려다보란 말이야……."

전함 펜실베이니아호에서는
메트로놈이 마이크 옆에서 초를 새기고 있었다.
전 세계가 그 소리에 귀를 기울이고 있었다.
똑딱, 똑딱, 똑딱, 똑딱……

5

바로 그 순간, 쏘리는 자신들이 얼마나 미친 짓을 하고 있는가를 깨달았다. 그들 자신이 지금 광기에 사로잡혀 있다는 것, 할아버지가 안전한 지점을 가늠하리라고 믿는 것 자체가 미친 짓이라는 것을 깨달았던 것이다.

하늘에 떠 있는 비행기 조종사들은 오직 네바다호만 주시하고 있을 것이다.

주변에는 이제 아무것도 없다!

천천히 북쪽으로 움직이고 있는 빨간 카누 한 척 따위는 눈에 들어오지도 않는다.

광기!

그들은 미쳤다. 빨갛게 칠한 괴상한 카누에 타고 있는 세 사람은 완전히 미쳤다.

할아버지는 눈을 감고 성경을 손에 든 채 기도를 드리고 있었다. 쏘리와 타라 선생님도 일어나서 하늘의 섬광을 쳐다보며 기도를 드렸다. 이제 그들을 구할 수 있는 것은 하느님뿐이었다.

" '스카이라이트 원', '스카이라이트 원'.

실제 폭탄 투하 직전.

준비! 준비! ……

폭탄 투하! 폭탄 투하! 폭탄 투하 ……!"

6

 백만 개의 태양에서 나오는 빛이 초호 위에서 번득였다. 이어서 고막이 터질 만큼 요란한 우렛소리가 울려 퍼졌다.
 순간 쏘리와 타라 선생님과 할아버지는 마치 뼛속까지 환히 들여다보이는 유리 가죽을 쓰고 빛나는 유리 틀에 갇힌 것처럼 보였다. 잠시 후, 표적 함대의 중심에서 시뻘건 덩어리가 올라오더니 흰색 줄무늬가 들어간 분홍색으로 변해 갔다. 그것은 사악한 꽃처럼 순식간에 커졌다. 하얀 줄기 끝에 달린 거대한 분홍색 장미 같았다. 줄기는 시시각각 길어져서 거대한 아이스크림콘이 되었다.
 하얀색 콜리플라워.
 하얀 죽음.
 동물들은 비명을 지를 시간도 없었다.
 순식간에 열파가 빨간 돛을 덮쳤다. 지옥에서 불어온 바람은 카누를 나뭇잎처럼 가볍게 밀어내고, 돛을 끈 떨어진 연처럼 날려 버렸다.

잠시 후, 집채만 한 물결이 쏜살같이 달려와 카누를 공중으로 가볍게 던져 올렸다가 세차게 내동댕이쳤다.

물결은 쉿쉿거리는 소리를 내면서 퍼져 갔다.

이어서 비키니 초호에는 완전한 정적이 내리덮였다.

'에이블' 폭탄은 에너지를 다 소비하고 독을 토해 냈다.

살육은 이제 막 시작되었을 뿐이다.

뒷이야기

　폭발은 백만 분의 일초도 안 되는 짧은 시간에 일어났다. 곧 가이거 계수기를 장착한 무인 비행기들이 환초 위를 날면서 계수기가 방사능을 감지했을 때 내는 찰칵 소리에 귀를 기울였다. 이어서 역시 계수기를 장착한 무인 보트들이 표적 함대 사이를 이리저리 돌아다녔다. 표적 함대의 일부는 침몰했고, 나머지는 심하게 파손되었다. 일부는 불타고 있었지만, 대부분은 아직 물 위에 떠 있었다. 몇 시간 뒤, 지원 함대가 조심스럽게 초호 안으로 돌아왔다. 배에 탄 사람들은 가이거 계수기에서 나는 소리에 귀를 곤두세웠다.
　동물의 약 10퍼센트는 즉사했다. 나머지도 조만간 방사선 때문에 죽을 것이다. 그리고 살아남은 동물들은 영원히 새끼를 낳지 못할 것이다. '노아의 방주'에서는 곧 가슴 아픈 광경이 벌어질 것이다. 털이 깎인 채 방사선에 노출된 염소 한 마리가 수혈을 받기 위해 작업대 위에 가죽 끈으로 묶일 것이다.

　이듬해 7월 중순이 되자 롱게리크 섬에서는 식량이 너무 부족해서 주민들이 속고갱이를 먹으려고 야자나무를 베어 낼 정도가 되었다. 그곳에서 잡히는 물고기로는 식량을 충당할 수 없었다.

1948년 2월에는 코코넛 즙에 과육과 밀가루를 넣어서 끓인 죽을 주식으로 먹었다. 미군은 비상식량을 공수했다. 그 후 주민들은 콰잘린 섬으로 옮겨져서, 주다 추장과 알라브들이 다른 이주지를 찾는 동안 그곳에서 일곱 달을 보냈다.

마침내 그들은 700킬로미터 떨어진 킬리 섬으로 옮겨 가기로 결정했다. 비가 잦은 킬리 섬에는 물이 풍부해서 야자나무와 빵나무와 바나나까지 있지만 초호나 항구는 없다. 킬리 섬은 보초로 완전히 둘러싸여 있어서, 작은 배도 상륙하기가 힘들다. 세계 최초의 핵 유랑민들은 '에이블' 폭탄이 투하된 지 50년이 지난 지금도 대부분 킬리 섬에 살고 있다. 고향에서 쫓겨난 비키니 사람들의 자손 육백여 명은 그곳에 고립된 채 어두운 미래에 직면해 있다.

1969년에 린든 B. 존슨 미국 대통령은 비키니 환초가 인간이 다시 살기에 '안전해졌다'고 발표하고, 미국은 이제 비키니 환초에 아무런 관심도 없다고 선언했다. 그래서 킬리 섬으로 이주했던 사람들 일부가 비키니로 떠났다. 비키니 초호에 도착한 그들은 환초의 상태를 보고 큰 충격을 받았다. 한 알라브는 눈물을 글썽거리며 미국 정부 관리에게 말했다.

"당신들, 도대체 우리한테 무슨 짓을 한 거요?"
야자나무는 거의 사라지고 없었다. 지붕도 없이 버려진 앙상한 건물들의 열린 창문으로 산들바람이 지나갔다. 남아 있는 환초는 온통 쓰레기로 뒤덮여 있었다. 깨진 콘크리트, 기름통, 벌겋게 녹슨 트럭과 기중기, 철탑 들……. 미국 국방부는 섬들을 쓰레기장으로 바꾸어 버린 것이다.
비키니 섬의 원주민 가운데 리나무 가족을 포함한 일부는 원자 폭탄을 맞고 죽은 비키니 섬을 되살리기로 결심했다. 그들은 쓰레기를 치우고 다시 섬에서 살기 시작했다. 10년 후 의사들은 그들이 모래 속의 방사능 물질인 세슘 137에 오염되었다는 것을 발견했다. 미국 정부는 또다시 끔찍한 실수를 저지른 것이다. 1995년 4월 현재, 스쿠버 다이버들이 초호 바닥에서 표석 함대의 잔해를 조사하고 있지만 섬 자체는 아직도 오염되어 있다.

지금도 마셜 제도에 가면 이주한 비키니 주민들의 자녀와 손자들을 만나 볼 수 있다. 대부분은 킬리 섬에 살고 일부는 다른 섬으로 이주했다. 하와이와 캘리포니아로 건너간 사람도 있고, 네바다 주에서 사는 사람도 있다.

나이 든 사람들은 아직도 어릴 때 보았던 비키니 섬을 꿈꾼다. 그들은 이제 비키니 섬을 '라모렌'이라고 부른다. 조상의 땅이라는 뜻이다.

지은이의 말

1946년에 나는 섬너호에서 갑판 장교로 복무하면서 비키니 초호를 훑어 산호초를 찾는 작업에 참여했다.

섬 주민을 이주시킨 지 하루나 이틀 뒤, 섬에 상륙한 나는 슬픔과 죄책감을 느끼면서 마을이 있던 곳을 돌아다녔다. 그때 더러워진 헝겊 인형이 벽에 똑바로 기대앉아 있는 것을 발견했다. 나는 그 인형을 가져갈까 생각했지만, 그러지 않기로 결정했다. 그 인형이 바로 이 소설에 등장하는 레일랑이다.

나는 아직도 미 해군에 깊은 애정을 품고 있지만, '교차로 작전'은 핵무기의 가공할 파괴력에 대한 정보를 거의 추가하지 못했다. 그 작전은 현대판 '눈물의 길'*을 만들고, 비키니 사람들을 고향 땅에서 부

---

* 19세기 초에 미국 조지아 주의 체로키 인디언 땅에서 금광이 발견되자, 백인들은 이 땅을 빼앗기 위해 인디언을 강제로 이주시켰다. 1838년 여름에 만육천 명의 인디언들은 칠천 명의 미군 병사들이 총칼로 감시하는 가운데 애팔래치아 산맥을 넘고 미시시피 강을 건너 오클라호마 주까지 이천 킬로미터에 이르는 머나먼 길을 마차를 타거나 걸어서 끌려갔다. 도중에 겨울을 만나 모진 추위와 영양실조로 사천 명이 숨졌으니, 총으로 쏘지만 않았을 뿐 학살이나 마찬가지였다. 이 고난의 여정을 '눈물의 길'이라고 부른다.—옮긴이

당하게 내쫓고, 지켜지지 않은 끝없는 약속을 낳았을 뿐이다. 비키니 사람들의 곤경은 지금도 계속되고 있는 수치스러운 이야기다.

  결국 스무 발이 넘는 원자 폭탄과 수소 폭탄 실험이 이루어진 뒤, 비키니 환초는 원래 주인에게 반환되었다.

옮긴이의 말

이 책은 미국에서 청소년 문학의 대가로 꼽히고 있는 시어도어 테일러의 『비키니 섬The Bomb』을 우리말로 옮긴 것입니다.

시어도어 테일러는 50편이 넘는 소설과 논픽션을 발표하고 50여 개가 넘는 문학상을 받는 등 활발하게 작품 활동을 하고 있는 작가입니다. 그 작품 중 반 정도는 청소년을 위한 작품으로, 판타지가 주류를 이루고 있는 청소년 문학계에서 실제 사건을 바탕으로 사회적 쟁점이 될 만한 주제를 끌어내 진지하고 도발적인 문제 의식을 보여 주고 있다는 평가를 받고 있습니다.

테일러가 이런 작품을 낼 수 있었던 배경에는 그의 특이한 이력이 작용한 것으로 보입니다. 1929년 경제 대공황을 겪으며 성장했고 잠시 동안 기자 생활을 하기도 했던 테일러는 제2차 세계 대전 때 해군에 징집돼 태평양 함대 소속의 갑판 장교로 참전하였고, 1950년에는 카리브 해의 해군 예비대에 소속돼 허리케인의 피해를 입은 섬들에 구호물자를 공급하는 임무를 수행했습니다. '지은이의 말'에서도 밝혔

듯이 태평양 함대 시절의 경험은 『비키니 섬』의 모티프가 되었고, 카리브 해에서의 경험은 그를 작가의 반열에 올려놓은 『산호초』라는 작품에 실마리를 제공하게 됩니다. 해군 제대 후 영화사에서 여러 일을 하다가 전업 작가가 된 테일러에게 전쟁만큼 생생하게 그려낼 수 있는 소재는 없었으리라는 것 분명합니다.

십대 소년의 눈을 통해 1946년 비키니 환초에서 이루어진 원자 폭탄 실험의 야만성을 폭로하고 있는 이 소설은 『산호초』와 함께 시어도어 테일러의 문학 인생에 이정표가 될 만한 작품으로 평가받고 있습니다.

서태평양의 아름다운 산호섬 비키니의 원주민들은 소박하고 평화롭게 살고 있었습니다. 그러나 이곳을 점령한 일본군이 기상 관측소를 세우면서 태평양 전쟁의 파도가 이곳에까지 밀려듭니다. 미군 해병대원들이 섬에 상륙하여 일본군을 무찌르자, 그동안 일본군의 폭력과 위협에 시달려 왔던 주민들은 그들을 해방시켜 준 '친절한' 미군 병사들에게 고마움을 느끼고 축하 잔치를 베풉니다.

하지만 1945년 여름 히로시마와 나가사키에 원자 폭탄이 떨어지고 일본이 무조건 항복한 뒤, 미국 정부는 원자 폭탄 실험을 계속하기로 결정하고 비키니 섬을 그 실험장으로 선정합니다. 주민들은 조상 대대로 살아온 섬을 떠나 다른 곳으로 이주해야 합니다. 2년 뒤에는 무사히 돌아올 수 있다고 미국 정부는 말하지만, 소설의 주인공 쏘리 리나무의 외삼촌 아브람은 그 말을 믿지 않습니다. 그는 오랫동안 외지에 나가 있다가 돌아왔기 때문에 세상 물정에 밝은 편이고, 또 라디오 방송을 통해 원자 폭탄의 가공할 위험에 대해서도 알고 있습니다.

방사성 낙진은 푸른 바닷물과 하얀 모래로 덮인 해변을 오염시킬 것이고, 섬 주민들이 아름다운 고향을 영원히 잃어버리게 될 거라고 확신한 아브람은 재난이 시작되기 전에 막는 것 말고는 다른 선택이 없다고 생각합니다. 그는 미군의 일방적인 처사에 항의할 계획을 세웁니다. 원자 폭탄이 투하되기 직전에, **빨갛게 칠한 카누**를 몰고 비키니 환초로 들어가려는 것입니다. 그러면 비행기들이 공중에서 **빨간 카누**

를 보고 폭탄 투하를 멈추게 될 거라고 기대합니다. 그것은 목숨을 건 모험이 될 것입니다. 그러나 아브람은 바깥세상에서 걸린 병으로 갑자기 죽고 맙니다. 그러자 쏘리가 삼촌의 계획을 대신 실행하기로 결심합니다. 그는 타라 마롤로 선생님, 할아버지와 함께 폭탄 투하의 카운트다운이 시작된 비키니 섬을 향해 카누를 몰고 갑니다.

테일러는 흥미진진한 그러나 섬뜩한 모험의 현장으로 독자들을 데려가서 평화롭고 조용한 미크로네시아 문화와 산업화한 서구 문명의 대조를 보여 줍니다. 소설은 영웅적 대결이 자아내는 긴장감과 원자 폭탄 실험 스케줄이 맞물리면서 경쾌하게 진행되지만, 그 줄거리 속에서 독자들은 전쟁과 핵무기, 환경오염, 미국의 패권주의, 전통문화의 파괴 같은 갖가지 문제에 도전받게 될 것입니다. 그리고 이런 문제들은 반세기 전의 멀고 외딴 섬에 국한된 것이 아니라, 바로 우리가 살고 있는 '지금-여기'에서도 새롭게 제기되고 있는 절박하고 긴요한 문제라는 점에서 이 소설은 더욱 읽어 볼 가치가 있습니다.

앞에서 언급했듯이, 테일러는 비키니 섬에서 원자 폭탄 실험이 진행되고 있을 때 섬너호에 갑판 장교로 타고 있었습니다. 그가 이 소설을 써서 원자 폭탄의 참극을 호소한 것은, 당시의 어리석음에 대한 회한의 몸짓인지도 모릅니다.

김석희

아침이슬 청소년 * 001
비키니 섬

첫판 1쇄　펴낸날 · 2005년 3월 25일
개정판 16쇄 펴낸날 · 2023년 12월 5일

지은이 · 시어도어 테일러
옮긴이 · 김석희
펴낸이 · 박성규

펴낸곳 · 도서출판 아침이슬
등록 · 1999년 1월 9일(제10-1699호)
주소 · 서울시 은평구 불광로 11길 7-7
전화 · 02) 332-6106
팩스 · 02) 322-1740
이메일 · 21cmdew@hanmail.net

ISBN · 978-89-88996-61-4　44840
ISBN · 978-89-88996-58-4　(세트)

책값은 뒤표지에 있습니다.